U0459309

帽子公寓里的吊车男孩

〔荷〕安妮·M.G.施密特 / 著

〔荷〕菲珀·维斯顿多普 / 绘

蒋佳惠 / 译

人民文学出版社
PEOPLE'S LITERATURE PUBLISHING HOUSE

著作权合同登记　图字 01-2022-6398

Pluk van de Petteflet

Copyright tekst © 1971 by The Estate of Annie M.G. Schmidt. Copyright illustraties
©1971, 1982, 1983 by Fiep Amsterdam bv; Fiep Westendorp Illustrations, Amsterdam,
Em Querido's Uitgeverij B.V.

Simplified Chinese translation rights © 2018 by Shanghai 99 Readers' Culture Co., Ltd.

ALL RIGHTS RESERVED

图书在版编目（CIP）数据

帽子公寓里的吊车男孩 ／（荷）安妮·M.G.施密特著；
（荷）菲珀·维斯顿多普绘 ；蒋佳惠译 . -- 北京 ：人民
文学出版社 ，2018（2023.1 重印）

（国际安徒生奖儿童小说）

ISBN 978-7-02-014152-4

Ⅰ . ①帽… Ⅱ . ①安… ②菲… ③蒋… Ⅲ . ①儿童小
说－长篇小说－荷兰－现代 Ⅳ . ① I563.84

中国版本图书馆 CIP 数据核字 (2018) 第 086214 号

责任编辑　朱卫净　　汤淼
装帧设计　李苗苗

出版发行　人民文学出版社
社　　址　北京市朝内大街 166 号
邮政编码　100705

印　　制　凸版艺彩（东莞）印刷有限公司
经　　销　全国新华书店等

字　　数　180 千字
开　　本　890 毫米 ×1240 毫米　1/32
印　　张　12
版　　次　2018 年 7 月北京第 1 版
印　　次　2023 年 1 月第 2 次印刷

书　　号　978-7-02-014152-4
定　　价　100.00 元

如有印装质量问题，请与本社图书销售中心调换。电话：010-65233595

目 录 ～～～～～～～～～

采小摘找到了一所小房子　　　1

小捣蛋　　　9

可怜虫　　　19

长身马和少校　　　32

哑哑　　　42

长着木头腿的查弟　　　50

海鸥　　　60

空中快线　　　69

胖嘟嘟的嘟丽丽有危险　　　79

又是麻疹，还有薯条　　　88

电视机　　　96

猴子套环　　　104

洁净一下午   113

到耙子海岸去   122

大舌头嘟嘟   132

查姐掉进油里啦   140

查姐的蛋   149

采小摘回家了   159

斑鸠园   167

公园园长   176

喷雾   185

嘟丽丽采取行动了   196

渡船   205

老渔民   213

往返人狼   222

剩下的时间不多了   231

黑山森林　　　　　　　　　239

一个怪人　　　　　　　　　249

星期三　　　　　　　　　　258

黑山黑莓　　　　　　　　　267

大人们在玩耍　　　　　　　277

一切都失控了！　　　　　　286

果酱　　　　　　　　　　　296

好小奇回家了　　　　　　　306

卷毛鹦　　　　　　　　　　315

一条计策　　　　　　　　　324

噗噗噗……噜噜噜　　　　　334

我是一只灭绝了的鸟　　　　343

瓜小娃　　　　　　　　　　351

再见！　　　　　　　　　　361

采小摘找到了一所小房子

采小摘有一辆小巧的大红色吊车。他开着这辆车走过全市的大街小巷，寻找一栋可以居住的房子。他时不时就要把车停在一旁，问周围的人："您知道哪儿有房子可以让我住吗？"所有的人都在片刻的思考过后回答道："不知道。"是啊，所有的房子里都住着人。

最后，采小摘开着车来到一个公园里。他把小吊车停在两棵大树之间，走到一张长椅跟前，然后坐在上面。

"也许我今天晚上可以在公园里过夜。"他大声地说，"我可以睡在大树底下的吊车里……"这时，他听见自己的头顶传来一个声音。"我知道一栋房子，你可以住到那里去。"那个声音说。

采小摘抬起头看了看，巨大的栎树上坐着一只胖嘟嘟的漂亮鸽子。

"帽子公寓的楼顶还空着呢。"鸽子说。

"谢谢你。"采小摘一边说一边摘下了头上的帽子，

1

"帽子公寓在哪儿？还有，你叫什么名字？"

"我叫嘟丽丽。"鸽子说，"帽子公寓离这儿不远，就是那边那栋高高的公寓楼……你看见了吗？楼顶上有一个尖顶。尖顶里有一个房间，那里面没有人住。你要是动作够快的话，就能抢到那个房间。不过你得抓紧时间哦，要不然就可能被别人抢先了。"

"谢谢。"采小摘一边说一边急匆匆地回到吊车上，朝着公寓楼驶去。他把吊车停在人行道上，穿过玻璃门走进大楼，进了电梯。

嗖嗖嗖，他来到了楼顶上。

当他踏出电梯的那一刻，他发觉自己来到了最最高的室外通道——拱廊，风吹过他的发梢。这里太高了，他都感到有点眩晕了。鸽子嘟丽丽正坐在围栏前的扶手上。她是飞上来的，速度比电梯快多了。这会儿，她正坐在扶手上等他上来呢。

"跟我来。"她说，"跟着我，穿过走廊。你看，那就是尖顶上的门了。门没有上锁，你可以随意进去。"

采小摘走进屋子，这是一间非常舒适的尖顶小屋。房间是圆形的，四周都是窗户，这里非常高，所以整座城市都可以尽收眼底。房间里有一张床、一张凳子、一个柜子和一个固定位置的洗脸池。

"你说，我可以随随便便就住下来吗？"采小摘问。

"可以呀，"嘟丽丽说，"反正这间屋子是空着的。祝你住得愉快，再见。我会抽空来看你的。"说完，鸽子嘟丽丽便飞走了。她回到了公园。

有了自己的房子，采小摘感到幸福极了。他用了一个小时的时间眺望远方，他一扇窗户接一扇窗户地看，每换一扇窗户，就能看见不同的城市景象。终于，他饿了。

"我去买点菜。"他说，"我刚才已经看见了，公寓楼的一层有一整排商店。"

他再一次踏进电梯里。这一回，电梯里还有别的人。这是一位手拿一支大喷雾的女士。她把采小摘从头到脚地看了一遍，然后问道："你住在这里吗？"

"是的，太太。"采小摘彬彬有礼地回答。

"那么你住在哪里呢？"女士问，"哪个房间？门牌号多少？"

"我住在尖顶上。"采小摘说。

"住在尖顶上？"女士问道，"这样啊！"她又一次用冷冷的目光看了看他，采小摘生怕她会问："那里可以住吗？"或是："你有没有得到住在那里的许可证？"幸亏她还没来得及继续问，电梯就已经到了底层。采小摘匆匆忙忙地走出电梯，夺路而逃，冲向那排商店。他买了面包、牛奶和一袋苹果。

"我应该已经买齐所有的东西了。"采小摘说，"哦，不，我还想买一本好看的漫画书呢。"

他走进书店。柜台边站着一位和蔼可亲的老爷爷。正当采小摘忙着挑选一本漫画书的时候，老爷爷问道："你住在这儿的公寓里吗？"

"我住在尖顶上。"采小摘说，"刚刚住进去。"

"这么说来，你的运气真不错。"老爷爷说，"你已经见过这栋楼里的其他住户了吗？"

"没有。"采小摘说，"至少……哦，对了，我在电梯里见到了一位拿着喷雾的女士。"

"我的天哪！拿着喷雾？那一定是净一净太太了。她要去哪儿？"

"我不知道。"采小摘说，"她站在电梯里，跟我一样，一直坐到底层。我感觉，她还要坐着电梯继续下楼呢。有可能吗？这里有没有地下室什么的？"

"哦，是的，一定是！听我说，孩子，"老爷爷说，"我是钢笔先生。你叫什么名字？"

"我叫采小摘。"

"好的。采小摘，能不能麻烦你去一趟地下室？你去打开大堂里第一扇绿色的门，然后沿着楼梯下去。"

"您要我去做什么呢？"采小摘问。

"听着，"钢笔先生说，"那位净一净太太整天都拿着喷雾喷来喷去，喷得到处都是。那支喷雾是用来消灭苍蝇、蚊子、飞蛾什么的……你听说过吧？可是地下室里住着呱呱。"

"呜呜是谁？"采小摘问。

"他是我的朋友。"钢笔先生说，"呜呜是一只蟑螂。"

"一只蟑……"采小摘惊讶极了，可是钢笔先生却推了他一把，喊道："快去，拜托你了！赶快……要不然呜呜会被喷死的。"采小摘急匆匆地冲出商店，一路小跑进了大堂，打开绿色的门，沿着楼梯来到地下室。这时，一股令人窒息的气味迎面袭来。这个气味是从喷雾里散发出来的。

他站在一片空旷的地方。那里又热又干燥。地上放着一台暖气的锅炉，除此之外，屋子里空荡荡、黑乎乎的，到处都充斥着喷雾呛人的味道。

采小摘做的第一件事就是打开窗户。然后，他开始寻找钢笔先生的朋友。一只蟑螂……有谁会把蟑螂当成朋友呢……采小摘心里想。于是，他喊道："呜呜！"

没有任何回应。他一小步一小步地往前挪，寻遍了整个地下室，终于，他在一个角落里看到了一个东西。那是一只小动物，它正是蟑螂呜呜。它四脚朝天地躺在地上，死翘翘了。

"可怜的呜呜。"采小摘说。他伸手把小家伙拿起来，放到敞开的窗户跟前。随后，他回到了钢笔先生的店里。

"太晚了。"采小摘说，"它已经死了。"

钢笔先生叹了一口气。"我并不是随便什么蟑螂都喜欢的。"他说，"你知道吗？它是一只非常特别的蟑螂。它非常聪明。你说，它已经死了？一定是被喷雾害死的。迟早有一天，方圆五百里内的活物都会被净一净太太喷死的。她要不就是在擦洗或者打扫，要不就拿着一支喷雾到处乱喷。你看看，简直干净过头、整洁过头了。对她而言，这里永远都不够干净，总是得干净干净再干净……我猜，就是因为这样，她的名字才会叫'净一净'。不过我还是要谢谢你，我的孩子，有空的时候再来。"

采小摘带着买好的东西走向电梯。突然，他想起来，他把一整袋苹果落在地下室里了。他匆匆忙忙地回到地下室去取他的苹果。正当他要离开的时候，他忽然听到一个非常微弱、非常羞怯的声音："我倒是很想尝尝苹果皮。"采小摘惊讶地转过身，蟑螂呱呱正趴在窗口，四脚着地，生龙活虎。

"我刚才晕过去了。"它说，"不过现在感觉好多了。她不会再带着那个可怕的喷雾回来了吧？"

"我不知道。"采小摘说，"我想，保险起见，你还是跟我一起住到我的尖顶小屋里去吧。她不会找到那儿去的。从今往后，我所有的苹果皮都归你了。"

他小心翼翼地捧起哑哑，把它放进装着苹果的袋子里。

这天晚上躺在床上的时候，采小摘感到十分幸福。"我有房子，"他心里想。"而且我已经有两个朋友了。不对，是三个！嘟丽丽、钢笔先生，还有哑哑。"

"你的床够舒服吗，哑哑？"他喊道。

哑哑躺在一个火柴盒里，身子底下垫着棉絮。"棒极了！"它用细弱的蟑螂嗓音喊道。

"明天见。"采小摘说。然后，他就睡着了。

小捣蛋

采小摘的房间是全世界最漂亮的房间，他的房间就在帽子公寓的最顶层。

每天早上起床后，他首先会从所有的窗口眺望一番。他能看见整座城市，能看见天空和白云，也能看见车辆从他的脚下驶过。要是他把脑袋伸得够远的话，还能看见停在人行道上的小吊车——他的小吊车。

每当他准备吃早餐的时候，他就会把呃呃叫醒。说句实话，呃呃是一只非常友善、彬彬有礼的蟑螂。它靠吃苹果皮过活，可即便如此，它吃的苹果皮还是少得可怜。所以说，它是一个好养活的客人。

在帽子公寓住了几天之后，采小摘结识到了更多的人。他认识了医生和年迈的达人太太，也认识了满身红毛的大个头猫咪——公寓猫。只不过，这只猫实在没什么用。它时常追赶小鸟，也会在嘟丽丽来拜访采小摘时追赶它。帽子公寓的楼又高又大，一共有二十多层。有

的时候，采小摘会坐着电梯到不同的楼层。每到一层楼，他就会沿着过道从每家每户的门前走过，仔细看看门上写的名字。有时候，他也会跟别人闲聊几句，几乎所有的人都非常友好。

有一天早上，他看见一个小男孩坐在电梯旁的石头地面上。他的手里拿着一瓶东西，不停地哭泣。采小摘停下脚步，问他究竟发生了什么事。

小男孩抬头看了看他，露出满脸的泪痕，说道："您知不知道我家住在哪里？"

"你是不是不记得自己住在什么地方了？"

"是的。您知道我住在哪里吗？"

"不用对我说'您'，"采小摘说，"说'你'就可以了。你叫什么名字？"

"我是小捣蛋。"小男孩说，"我是小捣蛋家的一员。"

"为什么这么说？你的名字叫捣蛋？"

"是的。"

"我想……"采小摘陷入了深深的思考。他曾经在某一家的门上见到过"捣蛋"这个名字。"跟我来。我想你家应该住在二十层，我送你回家。"

他带着小男孩走进电梯，然后问道："我记得你还有好几个兄弟，对不对？"

"是的。"小男孩说，"我们家一共有六个孩子，六个小捣蛋加一个爸爸。另外五个小捣蛋全都出麻疹了，只有我没有。所以我去药店给他们买了一瓶冲剂。"他举起手中的瓶子晃了一下。

电梯停在了二十层。当小捣蛋看见走廊的时候，他高兴地喊了起来："我认出来了！这就是我们的走廊！"

"记住哦，这是二十层。"采小摘说，"以后都要记住喽。"

"我就住在这儿。"小男孩说。公寓的门开了，门口站着捣蛋爸爸，他的手里拿着一个巨大的勺子，身上还围着围裙。"你总算回来了？"他嚷嚷道。

"我迷路了。"小捣蛋说。

"是我给他指的路。"采小摘说。

"请进，请进。"捣蛋爸爸大声地说，"我以前见过你。你是不是有一辆吊车？你家是不是就住在这栋楼顶层的尖顶里？我刚好在炸薯条，别介意屋里的油烟，也别介意家里乱糟糟的。请进吧，你可以留下跟我们一起吃饭。"

"哦，不用了。"采小摘说，"不用那么麻烦。"可是捣蛋爸爸却把他拉进了屋里，喊道："别客气了！这可是全市最好吃的炸薯条！别介意家里乱糟糟的。"

屋子里的确乱成一片，到处都丢着衣服、裤子和漫画书。地板上铺满了垫子。这些垫子拼接在一起，从侧面被缝成了一整块垫子，踩在上面软绵绵的，只是鞋子也会深深地陷进垫子里。采小摘带着几分惊奇的表情看着眼前的垫子。

"这是用来减少噪声的。"捣蛋爸爸说，"我们的楼下住着净一净太太。你是不是也认识她？"

"我倒是见过几回。"采小摘说。

"嗯，净一净太太总是抱怨我们制造出太多的噪声。因为小捣蛋们总是在地板上蹦来蹦去，你知道吧？于是，我就想出了这个办法。我们全都在地上，睡觉的时候才到床上去。你看看。"

采小摘看了看。墙边放着七张上下铺，一张是爸爸的床，剩下的六张是男孩们的。其中的五张床上躺着五个生病的小捣蛋。他们看起来一点儿也没有病恹恹的，反倒是挨个儿从床上爬了起来。他们看上去是无忧无虑、邋里邋遢的小男孩，脑袋上全都顶着乱蓬蓬的头发。

"你就是采小摘吗？"他们七嘴八舌地喊道，"你就是开吊车的采小摘？你就是跟蟑螂住在一起的采小摘？蟑螂怎么样了？"

他们是怎么知道这些事的？采小摘的脸"唰"一下红了。他压根不知道，原来这栋公寓楼里已经有这么多人都认识自己了。于是，他问道："这些事是谁告诉你们的？"

"吊车是我们亲眼看见的!"小捣蛋们喊道,"后来,钢笔先生告诉我们,是你救了蟑螂咂咂。"

"你是不是还有一只鸽子?"年纪最小的小捣蛋尖着嗓子叫道,"就是胖嘟嘟的那只,胖嘟嘟的嘟丽丽。"

"那不是我的鸽子。"采小摘说,"它住在公园里,是一只自由自在的鸽子。我们只是朋友而已。"

这时,捣蛋爸爸托着满满一大盘薯条走了过来。他们全都坐在地上的垫子上吃起了薯条,还蘸着酱汁和番茄酱。垫子被弄得脏兮兮的,不过捣蛋一家却一点儿也不在乎。

"我的天哪……"捣蛋爸爸突然说道,"我们太笨了!"

"为什么?发生什么事了?"

"我们居然请采小摘进屋来了。他也许会染上麻疹的……那就是我们的错了。"

"不会的。"采小摘说,"我已经得过一次麻疹了。所以我是不会被传染的。"

等大家吃完薯条后,捣蛋爸爸说:"你有没有见过好小奇?"

"没有。"采小摘说,"好小奇是谁?"

"她是一个穿着粉红色连衣裙的小女孩。任何时候，她都穿着干干净净、整整齐齐的粉红色连衣裙。"

"哦，是的。"采小摘说，"我最近在屋外的拱廊见过她。我想，她那会儿觉得很无聊吧。我邀请她一起玩耍，可是她却拒绝了。"

"她也是身不由己……"捣蛋爸爸说，"这个可怜的孩子啊。"

"是她的妈妈不让她玩耍吗？"采小摘问。

"她的妈妈不让她把衣服弄脏。"捣蛋爸爸说，"好小奇是净一净太太的女儿。净一净太太从来都不让好小奇到外面去玩，因为她担心好小奇会把自己弄脏。"

"可是这也太过分啦！"采小摘嚷嚷起来。

"是啊，的确如此。嗯，所以嘛……你要是看见她了……试试带她一起玩，可

以到马路上去，让她开开心心地玩一会儿。也可以到公园去哦。"

"我会的。"采小摘说，"谢谢你们的薯条……再见了。好小奇是不是就住在你们楼下？"

"是的！"捣蛋一家齐声喊道，"就在我们楼下。我们要是制造出噪声的话，她的妈妈就会大发雷霆。"

采小摘向他们道了别，他答应很快会再上门拜访。他沿着楼梯，往下走了一层，来到十九层。看见那个小女孩好小奇正站在楼道里，她倚靠着扶手，正在眺望远方。她的连衣裙是粉红色的，非常漂亮，也非常干净，可是她的脸上却透着悲伤。采小摘决定跟她聊聊天。他害羞地咳了一声，他并不知道开场白应该说些什么。可就在这个时候，他听见了拍打翅膀的声音。原来是一只鸽子，是胖嘟嘟的嘟丽丽，它朝这边飞了过来，稳稳地落在了采小摘的肩膀上。

"你必须立刻过来，采小摘。你得来帮忙。快来啊……"

可怜虫

"发生什么事了?"采小摘问。

"有人急需帮助!"胖嘟嘟的嘟丽丽喊道。

"是谁?"

"快来啊……"嘟丽丽又喊了一遍。它非常紧张,用力地拍着翅膀在采小摘的头顶上转了一圈,又匆匆忙忙地喊了一句:"从左边数第三棵栎树……就在池塘边。"说完,便飞走了。

采小摘想要立即冲进电梯。他迈开脚步奔跑起来,因为他想要以最快的速度赶到公园。可是跑了两步后,他停下了脚步,转过身来。那个穿着粉红裙子的小女孩仍旧站在原地,倚靠着扶手,一动也不动。她可是净一净太太的女儿啊!她是整洁、干净的小好小奇,从来都不能出门去,因为她随时随地都得是干干净净的。采小摘一边朝她走去一边问道:"听我说,你愿意帮帮我吗?"

好小奇吃惊地抬起头看着他。她刚才只顾着自己在扶手边看风景，一点儿也没有留意到嘟丽丽和采小摘的对话。

"我要开着我的小吊车到公园里去。"采小摘急忙说，"我得到那儿去救人。"

"救人？"好小奇问道，"救谁啊？到底是怎么一回事？"

"我还不知道呢。"采小摘说，"可是我担心自己一个人应付不过来。求求你，跟我一起去吧。"

好小奇犹豫了一下。随后，她摇了摇脑袋。"我不能去。"她说，"妈妈说，我要是去了公园，就会把身上弄脏。所以我不能去公园。"

"可是你是为了救人啊。"采小摘说，"咳，你到底去不去啊？这可是人命关天的事啊。"

好小奇摇了摇头。"我不敢。"她说。

"好吧。"采小摘说，"那我就自己去。"他匆匆忙忙地朝着电梯奔去。然而，就在电梯门即将合上的那一刹那，好小奇上气不接下气地跑了过来。"我还是跟你去吧。"她说。

不一会儿，他们就来到了马路上，坐上了红色的小吊车。采小摘加足马力，好小奇紧紧地靠着座椅，簌簌发抖地喊道："拜托你，千万别把我的衣服弄脏。要不然，我妈妈一定会不高兴的！况且，我连你是什么人都还不知道！连你的名字都不知道！"

"我叫采小摘，你叫好小奇。还有，你别再唠里唠叨的了。"采小摘冷冰冰地说，"这里就是公园了，我们

从这条弯道过去，然后就可以到池塘边了。现在，我们得找到从左边数过去的第三棵栎树。"

"一定就是这一棵了。"好小奇说，"这就是从左边数过来的第三棵栎树。这里到底发生什么事了？"

采小摘停下小吊车，他们两个同时抬起头看向天空。可是他们什么也没有看到。

"我们到底在找什么？"好小奇问。

"我们是来救人的。"采小摘说。

"可是我没有看见什么需要被救的人啊。"好小奇说，"需要被救的也没有，不需要被救的也没有。我的意思是……我什么人也没有看见。这里只有一只松鼠。"她伸手指了指。"你看见那只松鼠了吗？就在最高处的地方。"

"是的。"采小摘说，"可是我没有发现有什么不对劲的。"

他身旁的树枝发出一阵悉悉簌簌的声音，原来是胖嘟嘟的嘟丽丽。"哟，你们总算来了啊？"它说，"你看到它了吗？就是那个可怜虫。"

"可怜虫？"采小摘问，"我们只看见了一只松鼠。"

"那就是它！"嘟丽丽喊道，"它就是可怜虫。说起来，真是令人伤心。它有恐高症。"

"恐高症?"采小摘问,"松鼠也会有恐高症?"

"是啊,是不是闻者伤心?这在松鼠界是百年一遇。它不敢爬树,从来都不敢。咴,你可以想象,它都快被它的家里人嘲笑死了。所以它决定放手一搏,去试一把。当它总算爬到了顶端时……却不敢下来了。帮帮它吧,采小摘。就用你的起重机!"

采小摘把他的吊车开到离树最近的地方,然后把起重机升到这个可怜的小家伙所在的树枝下面。可是起重机的高度恰恰差了一点,离树枝还有一段距离。可怜虫必须往下蹦。可是可怜虫有恐高症,根本不敢蹦。

"快来,可怜虫!蹦下来。蹦到起重机上。"

一点动静也没有,这个可怜的家伙坐在树枝上一动也不动。

"我去把它抱下来。"好小奇说。

"你真的愿意这么做吗?"采小摘说,"想想你的裙子。想想你妈妈……"

可是好小奇早就把裙子和妈妈忘到了脑后。她已经爬到了树腰上。她身手敏捷地在树枝间来回攀爬,不一会儿,就来到了那只胆小的松鼠跟前。她伸手去够那个小家伙,可是那个小家伙却紧张兮兮地向后挪。

"坐着别动，笨蛋！"好小奇喊了起来，"我差一点就够到你了。"她靠近它，然后伸手去够……她抓到它了。

"抓紧起重机！"采小摘喊道，"我会慢慢地放你们下来。"

好小奇照他说的做了。不一会儿，他们就安全地到了采小摘的小吊车上。小松鼠正躺在好小奇的怀里。

"我们现在该拿可怜虫怎么办呢？"采小摘问，"就让它待在地面上吗？"

"不行，不行，"嘟丽丽喊了起来，"那样太危险了。它会被猫吃掉，或者被老鼠吃掉！"

"那我们就把它带回家。"采小摘说。这时，他大惊失色

地看着好小奇。她的模样看上去糟糕透了，她的裙子上布满了绿色和棕色的污迹。更糟糕的是，她在树枝上来回攀爬的时候，裙子全都被勾破了。现在，她也意识到了自己的模样，变得十分害怕。

"采小摘……"她小声地说，"我不敢回家。我可不能这副模样回去。"

采小摘想了一想。"我们去找钢笔先生。"他说，"说不定他能给我们一些建议。"

他们开着车回到帽子公寓，采小摘把车停在了书店门口。

"我们带来了一只有恐高症的松鼠……"采小摘一进门就说道，"好小奇的衣服又脏又破，她不敢回家了。"

"快说说是怎么一回事。"钢笔先生问道。采小摘把事情一五一十地告诉了他，最后他说："要不我把可怜虫带到我的尖顶小屋里去？"

钢笔先生摇了摇头。"既然这只松鼠有恐高症，那就更不能到尖顶上去了。"他说，"我有一个更好的主意。他可以在我的仓库里练习爬高，跟我来。"

商店的后面有一个屋子，那里面有许多柜子和架子，全都是用来堆放货物的。到处都摆放着用来取高架货物的梯子。钢笔先生把小松鼠放在梯子最下面的一级台阶上。"好了,"他说,"你就好好练习吧,可怜虫。放心练。每一次爬一级,慢慢你就学会了。"

他们回到商店里,钢笔先生看着邋里邋遢的好小奇直摇脑袋。"哎呀……"他说,"我们该怎么办呢……"

"我都不敢回家了……"好小奇嘟囔道。

"胡说八道。"钢笔先生说。突然,他用手拍了一下脑门,喊道:"我有办法了!隔壁就是'穿着来'干洗店。"

"那个地方是做什么的?"采小摘问。

"跟我来吧。"钢笔先生说,"在那家干洗店里,你连衣服都不用脱。衣服可以穿在身上,轻轻松松地被蒸汽蒸干净。所以它才会起这样一个名字——'穿着来'干洗店!"钢笔先生带着他们来到隔壁店铺里,然后与干洗店的女店主交谈了一会儿。

"那样的话,那个女孩得先到蒸汽房里去待一会儿。"女店主说。她打开一个柜子模样的东西,把好小奇推了进去。然后,她按下一个按钮。那里面传来了轻微的嗡嗡声,一缕细微的蒸汽从缝隙中窜了出来。

"这没有危险吗?"采小摘紧张兮兮地问道,"这些蒸汽……她不会被闷死吧?"

"哦,不会的,我们一直都是这样做的。"女店主说。她让好小奇从蒸汽房里出来,她的衣服变成了一尘不染的粉红色,身上连一丁点污迹也看不见了。可是……咳,衣服上被撕裂的缺口还在。

好小奇刚要张口抱怨说自己不敢回家,干洗店的女店主一把抓住她的手,说道:"站到喷雾圆盘上去,孩子!"她把好小奇抱到一个巨大的圆形转盘上,又按了一个按钮,随后,圆盘就转动起来,同时,一支巨大的喷雾器也运作起来。好小奇转了一圈又一圈,身上被喷满了一种红色的物体。

"这是一种塑料制品。"站在一旁观看的钢笔先生说,"等它干透之后,所有的洞洞和缺口就都不见了。"

女店主关掉了那台机器。好小奇已经被转得晕晕乎乎的,就像可怜虫一样。采小摘赶忙扶住了她。

"小心一点……"女店主说,"……她的身上还是湿的呢,得等一会儿才能干。"

这简直太不可思议了!所有的缺口全都不见了,它们全都被补好了。好小奇的裙子又变得完美无瑕了。采小摘伸手摸了摸。"都已经干了!"他喊道。

"很好。"钢笔先生说。他把钱付给干洗店的女店主，然后说道："放心回家去吧，好小奇。你的身上整洁极了！"

　　"我们可以再去看看可怜虫吗？就看一眼。"采小摘问。

"那好吧。"

他们一起来到钢笔先生的仓库里。他们把门推开一道缝隙,朝里面看去。可怜虫正坐在梯子的第七级阶梯上,它瞪着两只小眼珠子,勇敢地看向前方,正准备再蹦一级阶梯。他们站着一动也不动,屏住呼吸地看着。

噌的一下!它成功了。

"你看……它跳上去了。"钢笔先生说,"好了,再见了!"

采小摘和好小奇一起走进帽子公寓的电梯里。

"谢谢,谢谢你帮助了我。"他说,"你以后还愿意跟我一起出门吗?"

"非常愿意。"好小奇说。

长身马和少校

帽子公寓的后面有一片绿地和一条宽阔的运河。一天早晨，采小摘驾驶着他的小吊车从那里开过。突然，他停下车。水里出现了一个非常奇怪的现象，他看见水面上出现了一个东西……那个东西是棕色的……它长着一条尾巴……天哪，原来是一匹马的下半身！

"一匹马掉进水里去了……"采小摘惊慌失措地嘀咕道，"太糟糕了。"他从车上下来，来到运河边。没错，这下他看得一清二楚了。水里有一个马屁股，马的脑袋已经看不见了。

"可怜的小东西。"采小摘说，"它的头是不是陷进泥沼里了？"他四下里瞧了瞧，想要找人来帮忙。可是这会儿的绿地附近一个人也没有。然而就在这时，他看见远处的水面上还有另一个东西。

采小摘朝着那里跑去。他惊讶地发现，那也是一匹马，但是这一回却是一个马头！

"水里居然有两匹马！"采小摘喊了起来。

"不对，是一匹！"马头说。

"一匹？"采小摘冲着他喊道，"不对啊……是两匹！我在远处还看见了一个马屁股。"

"那也是我。"马沮丧地说。

"那就是我的屁股。"

"可是……我不相信……"采小摘结结巴巴地说。

"我这就摆一摆尾巴。"马头说，"那样你就相信了。"

接着，采小摘看见远处屁股上的尾巴用力地来回摇摆。

"你……你一定是一匹身体非常长的马。"

"一点不错。我是长身马，是全世界身体最长的马。"

"你从哪里来？你是谁家的马？你的主人是谁？"采小摘问。

"先把我救上岸再说。"长身马说，"救救我吧，别只知道唠里唠叨地盘问我。你到底有没有起重机？"

"哦，当然有。"采小摘说，"我来帮你。你能不能往河岸这边挪一挪？"

长身马艰难地朝岸边游去。采小摘用起重机的吊钩套住它的缰绳，然后坐上吊车。"小心一点……动起来了！"他大声地喊。

就在这个时候，拐角处出现了两名士兵的身影，他们跑得飞快。"长身马！"他们喊道，"发生什么事了？"

"它掉到水里去了。"采小摘说，"我正试着把拉它上岸来呢。"

"你太好了，我的孩子。"其中一位士兵说，"我是少

校，长身马是我的坐骑，这位是我的副官。用力吊吧！"

采小摘开动他的起重机。马的身体慢慢露出了水面。

"你自己也得努一把力才行啊！"采小摘喊道。

"我已经很努力了！"长身马喊道，"可是我的蹄子陷进泥沼里了。"

"你怎么会这么不小心呢？"少校问，"我早就警告过你了。"随后，他又对采小摘说："我猜，你就是那个

住在尖顶小屋里的小孩吧？我见过你好几回。我也住在帽子公寓里，你住得还习惯吗？"

"哦，是的，"采小摘说，"我住得舒服极了。"

"你们到底还帮不帮忙了？"长身马咆哮起来，"我的身体已经变得越来越冷了。快一点啊。"

事实上，他们进展得非常缓慢。过了很久，马才回到了岸上。

"谢谢你，谢谢你……"少校说，"如果我有什么能帮到你的地方……一定记得告诉我！说不定我能为你做一些事情来报答你呢。再见。"

"再见。"采小摘说。

少校跃到马背上，坐在紧挨着马头的地方。他的副官坐在靠近尾巴的地方。"我们一直都是这样坐的。"少校说，"因为我们的长身马担心他的身体会被压变形……所以身体中间的地方从来都不允许坐人。"

长身马走了，采小摘目送着他们远去。尽管马的身上只坐了两个人，可是看上去却像是有整整一队人马。

采小摘去买了一些东西。不一会儿，他就提着满满一袋面包和梨走进尖顶小屋。

"呕呕！"他喊道，"呕呕，你在哪儿？呕呕，你喜欢吃梨子皮吗？"四处都见不到蟑螂的踪影。

采小摘找啊找，他感到越来越不安。终于，他听见哑哑微弱的嗓音："小心一点！别踩到我身上！"

采小摘立刻低下头看了看："你在哪儿？"

"在地毯下面。"那个微弱的声音说。

采小摘小心翼翼地提起地毯。没错，哑哑就在那底下。

"你为什么会在这儿？你是不是钻到这下面去的？"

"那位太太又来了。"哑哑说，"就是那位拿着喷雾的太太。"

"什么？是净一净太太吗？她到屋里来了？"采小摘喊了起来，"这不可能啊，门是锁住的。我还有一把钥匙呢！"

"她没有进来，可是她站在窗口看。"哑哑说，"她看见我了。我害怕极了。我想：她一定会透过窗户喷喷雾的。于是，我就钻到这里来了。"

"不管怎么说，她已经走了。"采小摘说，"出来吧，哑哑。"

他递给这只可怜的蟑螂一块梨子皮，可是哑哑尝了一口之后却说："嗯，远远不如苹果皮好吃。"

"好吧。"采小摘说，"我记住了。"

然而，就在当天下午，当他想要出门的时候，帽子公寓的大堂里来了一个男人，他朝他走了过来。这个男人戴着一顶帽子，原来他是帽子公寓的守门人。他看上去一副脾气很坏的样子。

"说说吧，小伙子。"他说，"你是不是住在楼顶的尖顶小屋里？"

"是的。"采小摘说，"我的确住在那里。"

"你已经在那里住了多长时间了？"守门人问。

"呃……一个星期左右……"采小摘吞吞吐吐地说。

"是谁允许你住在那里的？"守门人问。

采小摘迟疑了一下，随后说道："没有人……"

"我早就猜到了。"守门人说，"你是偷偷摸摸地住进去的！根本没有得到任何人的许可，甚至都没有问过我！"

他的面目更加狰狞了。

"你为什么没有来问我？"他问。

采小摘很想说："我根本不知道有您这么个人。"可是他沉默了，因为这个答案似乎并不明智。

"我是恰巧听说的，"守门人说，"是净一净太太告诉我的。不过这样也好，居然有小男孩偷偷摸摸地住进了这栋房子里，这怎么能行呢？把你的东西全都装好。尽快从尖顶小屋消失，听明白了吗？"

采小摘听得满面通红，他觉得自己的眼泪就在眼眶里打转。他总算有了一栋房子，一栋很不错的房子，可现在却要离开了。他抽泣着，用手抹了抹面颊上的眼泪。

"发生什么事了？"

他的身旁站着少校。他刚把长身马送到了牧场，急着要回自己的公寓里去。"这里发生了什么事？"他又问了一遍。

"这个年轻人住在楼上的尖顶小屋里。"守门人说，"可是他并没有得到任何许可。他必须搬出去！"

"简直是胡说八道！"少校生气地吼了起来，"尖顶小屋空了这么久，一直都没有人住。你就庆幸现在有人住在里面吧。况且这个热心的男孩用他的吊车四处帮助有需要的人。"

"是啊，可是……"守门人刚要说话。

"别跟我说什么可是……"少校咆哮道，"我同意他住在那里，再也不许刁难他。听懂了吗？"

“是的，少校先生。”守门人说。

“问题全部解决了。再见，我的孩子。”说完，少校疾步朝电梯走去。

守门人叹了一口气，说道：“好了，就这么做吧，暂时就这样吧。”

“我可以留下了？”采小摘问。

"暂时可以……"守门人说。

采小摘松了一口气，走出了帽子公寓的大门。他没有发现的是净一净太太也站在大堂里，她偷听到了采小摘和少校与守门人之间的全部对话。采小摘刚一离开，她就从角落里走了出来。她走到守门人的跟前，小声地嘀咕起来。

"我听不懂您在……"守门人说，"您可以大点声说吗，太太？"净一净太太放大了一些嗓门。守门人的脸一下子变得煞白。

呷呷

两个小时过后，采小摘回家了。他坐着电梯来到楼顶，朝着他的尖顶小屋走去。当他来到门口的时候，他闻到了一股奇特的味道……是洗洁精吗？这股味道真奇怪……是洗涤剂吗？

不是！采小摘被惊得全身上下都僵住了，他闻到了喷雾的味道。这股味道是来自一支喷雾的。他胡乱地摸索着寻找自己的钥匙，想要打开门，可是门怎么也打不开。他的钥匙根本插不进锁里。这时，他看见了一块小牌子

净一净太太的

缝纫房

采小摘怒火中烧。趁着他离开的这段时间，净一净太太抢占了他的房间，而她自己就住在这栋公寓里啊！

他用力地冲撞房门，门岿然不动。他更加用力地冲

撞。门半开了，门后出现了净一净太太的脑袋。

"怎么回事？"她问。

"这个房子是我的！"采小摘喊道，"您在我的房子里做什么？"

净一净太太把他从头到脚地打量了一遍，然后说道："我这就一字一句地说给你听。这个房子再也不是你的了。从现在开始，它是我的缝纫房。你去问问帽子公寓的守门人就知道了。"

"这不可能！不可以这样！"采小摘叫喊着，"这一直都是我的房子！"

"以前是，没错……"净一净太太笑着说，"可是如果住在里面的人不能保持房间的洁净，那么他就必须搬出去。这是用不着多说的，守门人也这么认为。"

"我的房间一直都保持得很洁净！"采小摘嘶喊道。

"哦，是吗？"净一净太太问，"你是这样想的？蟑螂可以随处行走的房间……你觉得这也能称得上洁净？"

"您把我的蟑螂怎么样了？"采小摘急切地问道。

"我会一五一十地告诉你。"净一净太太说，"我看见它待在一个角落里，然后就用喷雾使劲地喷他。之后，我就把他丢到垃圾桶里去了。就在你的旁边，屋子外面那个。"

采小摘猛地拉开垃圾桶，那里面空空如也。"公共卫生所的人刚刚来过。"净一净太太心满意足地说道，"你还能听见他们在楼下翻七倒八的声音呢。不过你用不着再找了，那个恶心的东西已经死了。"

她用力地把门关上，采小摘被关在了屋外。

采小摘不是一个动不动就哭的男孩。说起来，他从来都不会哭。可是现在，他的嗓子奇怪地哽咽了，他感觉到泪珠从他的面颊滑过。他的小个子朋友嗯嗯已经死了，他的房子被人抢走了。这时，他听到身旁传来了翅膀的拍打声，原来是胖嘟嘟的嘟丽丽。

"咕咕咕……咕咕咕……"它说，"你什么都不用说，我全都看见了……我就在一旁！我看见净一净太太是和守门人一起进去的。她不停地抱怨，嚷嚷说房间里满是蟑螂！然后，他就换了一把锁，而她就得到了那把锁的钥匙。别哭了，采小摘。还是快去找钢笔先生吧。无论什么事，他都有办法。你这就去坐电梯，我飞着下去。我们一会儿见。"说完，嘟丽丽便飞走了。

当采小摘来到街上的时候，他看见公共卫生所的卡车还没有走。两个男人正忙着把垃圾箱里的东西全都倒进卡车里去。当他们看见他的时候，便一同喊了起来："哈，那个采小摘啊！"

采小摘的话简直就要冲口而出："你们有没有看见一只死了的蟑螂？"可是他最终还是没有说出口。这些人当然不会留意到一只死蟑螂。再说了……找到了又能怎么样？反正哑哑已经死了，再也活不过来了。采小摘冲着他们打了一个招呼，然后来到了钢笔先生的商店里。

"你总算来了。"钢笔先生说,"怎么样?看看这幅图画多么精美绝伦啊,上面还有一个宇航员呢。"

"很漂亮……"采小摘用尖利的嗓音回答道。

"怎么了?你哭了!发生什么事了?"

采小摘把眼下的处境说了出来,然后把脑袋靠在柜台上,呜咽着说道:"我是那么那么地爱——爱——爱——呷呷!"

钢笔先生放下了手中的图画,怒气冲冲地来回踱步。"抢占你的房子!"他喊道,"太无耻了!我们不能就此罢休。必须采取一些行动,我的孩子。必须这样。"这时,商店的玻璃门上传来一阵击打声。原来是嘟丽丽。

钢笔先生一打开门,它就飞了进来。它的嘴里叼着一个东西,一个黑漆漆的东西。它小心翼翼地把这个小东西放到柜台上。

"是呷呷!"采小摘叫喊起来,"咳……可怜的呷呷。死了……不过至少现在我可以亲手埋葬它。"

"哎呀呀,"钢笔先生说,"等一等……它真的……死了吗?我好像看见它的腿蠕动了一下。"

呷呷四脚朝天地躺着。是啊,仔细一看,它的四肢的的确确在动。

钢笔先生拿起一张纸，为它扇风，然后帮它翻了一个身，这样，哂哂就四脚着地了。他们紧张不安地看了好一会儿。突然，哂哂发出了一个极其微弱的声音："我还活着吗？"

　　"确确实实活着呢。"钢笔先生说。

　　"那只该死的鸽子走了吗？"哂哂问。

　　"诶！"嘟丽丽愤愤不平地喊了起来，"你们听见了吗？我可救了它的命啊！我是从垃圾车里把它救出来的。我从那里飞过，刚好看见它躺在里面。而它居然说我是一只该死的鸽子！"

　　"嘘……"钢笔先生说，"它不是这个意思。"

　　"我可是千辛万苦才忍住没有把它吃掉的！"嘟丽丽喊道。

　　采小摘把哂哂托在自己的掌心上，慈爱地看着它。"你感觉好一点了吗？"他问。

　　"好极了。"哂哂说。

　　"看看你干的好事吧！"钢笔先生生气地冲着嘟丽丽喊道，"居然在我昂贵、美丽的宇航员画作上拉屎！"

　　"对不起。"嘟丽丽说，"这是我太过兴奋的缘故。但是您可以把它擦掉啊。它一点儿也不脏，它是从我身上出来的。”

“呃！”钢笔先生嘟哝着，想要用一张纸把污垢擦掉。可是画作还是被毁了。

“我要把你赶出门去。”钢笔先生说。

“真是胡说八道。”嘟丽丽说，“我刚刚才拉过啊，总不会立刻又要拉吧？”

“那就管好你自己。我们现在还是谈谈采小摘的房子吧。无论怎样，你都可以住在这里，采小摘。我会在仓库里为你摆上一张行军床。我还会给咂咂准备一个空盒子，好让它睡在里面。”

“我要先吃一片苹果皮。”咂咂说。

它如愿以偿了。

长着木头腿的查弟

采小摘没有房子了。那间圆形的尖顶小屋不再是他的了。如今，那间屋子的门上挂着一块牌子，上面写着：净一净太太的缝纫房。每天的九点钟到五点钟，净一净太太都待在那里缝纫。门上的锁被换了，钥匙在她的手里……

采小摘借住在钢笔先生这里。就住在店铺后面的仓库里，睡在一张行军床上。他旁边有一个被掏空了的图钉盒，哐哐就睡在那里面，它的身体重新好起来了。这里真惬意啊，可是采小摘还是希望能有一间属于自己的房子。

这天早晨，他刚起床，钢笔先生就对他说："我们先去找帽子公寓的守门人谈一谈吧。是他把你的房子给了净一净太太，也是他换了一把新的门锁，配了一把新的钥匙。跟我来吧！"

帽子公寓的守门人正坐在楼下大堂里的一个玻璃屋

里。当他看见钢笔先生和采小摘一起走进来的时候，他被吓了一跳。他的脸变得通红，假装自己正忙得不可开交。

"守门人。"钢笔先生说，"这位是我们的采小摘。您已经认识他了。他住在楼上的尖顶小屋里，这一点您很清楚吧？可是您却把他的房子夺走了！"

守门人装模作样地清了清嗓子，说道："是啊！没有别的办法了。真遗憾！"

"没有别的办法了！"钢笔先生喊了起来，"您必须把净一净太太赶出那里。她不是明明有自己的公寓吗？她难道不能在自己的房子里缝纫吗？"

"听我说，"守门人说，"我接到了投诉！这个男孩没有保持自己房间的洁净。他的屋里满是蟑螂，这是我亲眼看见的！"

"只有一只而已！"采小摘愤愤不平地喊道，"那里只有一只蟑螂而已！"

"瞧瞧，这是你自己承认的！"守门人说，"你承认你的房间里有很多蟑螂喽？"

"是一只蟑螂。"采小摘说，"它是一只非常与众不同的可爱、温顺的蟑螂！"

"瞧瞧啊！"守门人说，"蟑螂坚决不能出现在帽子

公寓里。这一点是很清楚的，对吧？你想想看，要是每个人的家里都有一只可爱、温顺的蟑螂做宠物的话……我们该怎么过活呢？那样的话，明年我们这栋楼里就会有两万只蟑螂。这些家伙繁殖得可快着呢！"

"您说得太夸张了。"钢笔先生怒气冲冲地说，"您明明知道，这样一个小家伙是不会打扰到任何人的。我会去向管委会投诉的！"

"您要去就去吧……"守门人说，"投诉了也没用。管委会也会同意我的看法：楼里坚决不能有蟑螂。这是规章中明文规定的！"

"您听我说……"采小摘刚要说话，可是电话响了，守门人接起了电话，再也不看他们一眼。

他们明白，再怎么与他争辩下去也是无济于事，便沮丧地回到了书店里。

台阶上坐着一只鸽子——是胖嘟嘟的嘟丽丽。

"怎么样？他怎么说？"它问。

"很糟。"钢笔先生说，"他甚至都不愿意听我们说话。"

"我要是能帮到你们就好了。"嘟丽丽说，"我想到了一个办法……每当净一净太太从那个尖顶小屋走出来的时候，我就采取一些行动。"

54

"你要做什么?"采小摘问。

"我就往她的头上弄点东西!"嘟丽丽喊道,"再往她的裙子上弄点东西!"

"你的心意我们领了。"钢笔先生说,"只不过,恐怕她并不会介意。只要撑一把雨伞就好了……再说,我觉得这个主意实在太肮脏了。"说着,钢笔先生走进自己的商店里,因为他必须工作了。可是采小摘却留在门前的台阶上继续跟嘟丽丽聊天。

"我还有一个主意!"嘟丽丽喊道,"你等一会儿……我这就回来。"

采小摘耐心地等待着。过了大约七分钟的样子,鸽子便飞了回来。

"我去问它愿不愿意帮忙……"她说,"可是它的脾气实在是太坏了。而且它的态度太傲慢了……你还是自己跟它说吧。"

"你说的是谁?"采小摘问。

"是查弟啊!跟我来。它就坐在一根柱子上,就在那儿!"嘟丽丽拍着翅膀在前面带路,采小摘则跟在它的身后跑得飞快。

远处的一块路标上坐着一只盛气凌人的海鸥。它和大多数的海鸥一样，长着一对愤怒的眼睛，脸上露出不满的表情。

"这位就是采小摘。"嘟丽丽说。

海鸥发出一声尖叫，一蹦三尺高。"我认识你！"它喊道，"你前不久刚给我过一条沙丁鱼！"

这时，采小摘发现，这只海鸥长着一条木头腿。

"那条沙丁鱼非常美味。"查弟说，"让我看看我有什么能为你做的。我听说你的尖顶小屋被人抢走了！我们一定会想到办法的！"

"那就太好了！"采小摘说，"您是不是已经有办法了？"

"跟我说话的时候用'你'就行了！"长着木头腿的查弟说，"你看，我有六个兄弟。而且，我还有很多亲戚。这样吧……这件事就交给我了。也许需要一天的时间，也许更久一点。你就等着瞧好戏吧！"说完，海鸥用力地挥动翅膀，发出沙沙的响声，直冲云霄。

"回头见！"它冲他们叫喊着道别。它是一只地地道道的海鸥。

现在是上午九点钟。净一净太太坐着电梯来到帽子公寓楼顶的拱廊。她今天的心情很不错，因为她的包里装着一匹漂亮的布。她要为自己做一条花裙子。她轻声哼着歌，通过室外拱廊，走向尖顶小屋。一只巨大的海鸥尖叫着从她的头顶飞过。净一净太太并没有注意到它，她一心想着自己的新裙子。

当她来到尖顶小屋门口，准备掏出钥匙开门的时候，另一只海鸥从她的头顶上方掠了过去。

"海鸥……"她嘀咕道，"讨厌的家伙……"她走进屋子，锁上了门。桌子上摆着她的盒式缝纫机。她从包里掏出一些东西，便着手忙碌起来。尖顶小屋里有着各个朝向的窗户。

很快，周围就聚集了许多海鸥。它们没法进屋，只能在外面盘旋。刚开始的时候只有两只，可是后来便聚集了越来越多的海鸥。

它们一边发出刺耳的叫声，一边朝着这里飞来，就好像朝着窗框直冲而来，想要把它们都撞开似的。可是临到最后一刻的时候，它们又会巧妙地躲开，它们只是冲着窗户拍打着翅膀，发出令人厌烦的叫声。

不一会儿，这里就聚集了许许多多的海鸥，净一净太太时不时就能看见一只胡乱拍打翅膀的白色家伙……愤怒的眼睛瞪着她。尖叫声震耳欲聋。

"走开！"净一净太太嚷嚷道，"你们到底想干什

么？可恶的东西！”

她朝着海鸥吐舌头，又咒骂着，挥舞着手臂想要把它们赶跑。可是这些都无济于事。海鸥变得越来越多……它们绕着尖顶小屋盘旋，用嘴戳动窗框，发出凶恶的叫声，使得净一净太太不由得害怕起来。

“反正你们伤害不到我！”她喊道，“我就这样坐在屋子里！你们休想进来！你们自便吧！”

是啊，她说的没错：它们是进不来的。她安安全全地坐在屋里。可是终于她不得不出门了……等到下午五点钟的时候……到那时，她就得回到自己的公寓里去了……那么，她就必须打开门……她必须穿过长长的走廊……想想看，如果到了那个时候，它们还在那里的话，该怎么办呢？净一净太太害怕了。

面对着花裙子，她已经提不起兴致了。她等待着，等着海鸥们消失不见。可是它们并没有消失。更何况，好戏才刚刚开头呢……

海鸥

　　净一净太太坐在尖顶小屋里的缝纫机跟前。海鸥们发出震耳欲聋的叫声，从她的窗户前面飞过。到底有多少只海鸥啊？

　　怎么都有上百只呢，净一净太太心里想。我不敢出去了……可是我必须出去，因为我把一卷蓝色的丝绸落在家里了；我必须回到我的公寓里去，把它取来。我得勇敢一些……再怎么说，它们也只是鸟而已。它们伤害不了我……我要带上我的喷雾！

　　她鼓足勇气，迈出屋子，来到拱廊里。

　　咻！海鸥们发出刺耳的尖叫声，猛地俯冲下来，朝她扑去。

　　"救命啊！走开！你们这些讨厌的东西！"净一净太太嚷嚷起来。她举起喷雾，朝着四周喷去，可是海鸥并不害怕喷雾。她用力驱赶，疯狂地挥舞着两个胳膊。一不留神，她的包掉落到了地上，包里的针线撒得到处都

是，遍布整条拱廊。

"无耻的家伙！"净一净太太尖叫起来。她艰难地向前行走，一小步一小步地往前挣扎。一大圈海鸥挥舞着翅膀阻挡着她的路。它们并没有伤害她，也没有啄她，只是偶尔会用翅膀拍打她一下，仅此而已。可是它们步步紧逼、大声尖叫，同时对她怒目而视。它们落到她的身上或者与她擦肩而过……净一净太太好不容易才挪到电梯旁，回到自己的公寓里，取来了那卷丝绸。

当她重新回到大楼顶层的时候，她的身上披上了"盔甲"：她的脑袋上顶着一口滤锅，身上披着一件巨大的雨衣，手里还举着一面国旗，用来驱赶大鸟。

可是当她一来到顶层的拱廊，踏出玻璃门的一刹那……简直……天空就变得阴沉沉的，就像要下一场暴风雪……它们从她的面前飞过，落到地上，在她的鼻子跟前拍打翅膀，并且歇斯底里地喊叫着！净一净太太几乎无法向前迈步。她怒气冲冲地转过身，坐着电梯来到楼下的大堂里，找到了守门人。

守门人看见眼前这幅头顶滤锅、手举大旗的奇特景象时，简直惊呆了。

"发生什么事了？"他问。

"请您跟我来一下……"净一净太太上气不接下气地说，"那些海鸥太讨厌了。"

　　"海鸥？"守门人问道，"海鸥怎么了？"

　　"它们攻击了我！"净一净太太喊道，"上千万只同时攻击我！"

　　"我跟您去。"守门人说。

　　他们乘着电梯来到顶楼，踏出电梯厅，站在玻璃门前，长长的拱廊尽收眼底。这时，守门人问道："您说的海鸥在哪儿？"

　　周围连一只海鸥的踪影也没有。

　　"您跟我一起出去。"净一净太太说，"我们一到外面的拱廊里，它们就会来了。"

　　可是当他们站到外面时，四周依旧风平浪

静。除了几阵凉风外，周围寂静无声、淡然安宁。

"它们走了!"净一净太太喊了起来，"永远都消失了!太棒了!"

"那么，我可以走了吗?"守门人问。

"当然了，谢谢您!"净一净太太欢天喜地喊道。

可是守门人刚一踏进电梯下楼……哎呀呀!一大群海鸥如同一阵倾盆大雨一般从天而降。

"救命啊!杀人啦!放火啦!"净一净太太尖叫起来。她孤注一掷地朝着尖顶小屋迈了三步，随后慌乱地朝着安全的电梯逃去。

电梯来到第十三层的时候，有人进来了。原来是少校。

"我的天哪，净一净太太。"他说，"发生什么事情了吗?您怎么这幅模样?"

的确，她的样子看上去糟糕透顶。滤锅歪歪斜斜地搭在她的头顶上，她的外套被撕破了，就连大旗子也没能幸免。

"哦，少校啊，"她说，"幸亏让我遇见了您。我能不能借用一下您的枪?"

"我的枪?为什么?是不是有坏人闯进您的家里了?"少校问。

"不是……是……"净一净太太哀嚎起来，"我被海鸥攻击了。"

"胡说八道……"少校说，"这里根本就没有什么海狗。"

"是海鸥！"净一净太太喊道，"它们想要杀了我！求求您，跟我一起到楼上去，到了那儿，您就看见了。"

"我很愿意！"少校说。可是，当他们一同来到楼顶时，周围丝毫没有海鸥的踪影。

"您瞧见了吧，您在做梦呢！"少校说。

"不是的！我没有做梦。我独自一个人的时候它们就会出现了！"

"可是，您到底为什么要来这儿呢？"少校问，"您明明是住在楼下的啊。您根本就用不着到这儿来，不是吗？"

净一净太太咽

了一口口水。她不敢承认自己抢占了采小摘的房间，并且把它变成了缝纫房。少校彬彬有礼地向她道别，随后下楼了。他刚转身……它们又来了……海鸥们成群结队地尖叫着、挥舞着翅膀迎面扑来。它们中个头最大的那一只长着一条木头腿，它用翅膀拍打净一净太太的手臂，直到她手中的钥匙落到了地上。那是尖顶小屋的钥匙啊！

另一只海鸥立即扑上前来，叼起钥匙，带着它迅速飞走了。

"把钥匙给我！"她想要从张开的翅膀间钻过去，可是海鸥实在太多了，她只能放弃了。

采小摘正坐在小书店跟前的台阶上，他丝毫不知道刚才所发生的一切。他还在为失去了房屋而伤心，完全没有听见那些动静——海鸥查弟正在帮他呢。

这时，他的脚边传来一阵丁零当啷的响声。原来是他房间的钥匙。

他抬起头，看见一只巨大的海鸥优雅地挥舞着翅膀飞远了。

不一会儿，净一净太太来到守门人跟前，说道："我再也不要了！"

"您再也不要什么了?"守门人问。

"我再也不要那间可怕的尖顶小屋了。"净一净太太说,"那里就是一个强盗窝!它是一个可恶而又危险的地方!麻烦您,请立刻把我的缝纫机从那里搬出来!"

"当然了,太太。"守门人说。

十分钟后,当他来到尖顶小屋时,缝纫机连带着另外几件物品已经被摆到了拱廊里。采小摘正站在门口……他的脸上带着几分惴惴不安的神情。守门人是不是想要把他赶走?

"嗯……"守门人说,"这么看来,你又搬回你的房子里了。"

"是的。"采小摘说,"我又搬回到我自己的房子里了。净一净太太的东西您可以全部搬走。"

"那么……我希望从今往后你会保持这间房间的整洁。"守门人严厉地说。

"哦,是的,我会注意的。"采小摘说。

"记住了,绝对不能再有肮脏的虫子的出现!"守门人喊道,"你的屋子里没有肮脏的虫子了吧?"

"没有。"采小摘说,"没有肮脏的虫子。"他并没有说谎。尽管蟑螂呱呱正躺在柜子里,可是它并不是什么肮脏的虫子。它是勇敢的哑哑，是他的哑哑。

"那就好。"守门人说。他拿起盒式缝纫机和其他的物品，离开这里，去了楼下。

胖嘟嘟的鸽子嘟丽丽飞了过来，落到采小摘的肩膀上。

"成功啦！"它喊道，"海鸥把她赶跑啦！恭喜你，采小摘！"

"谢谢你。"采小摘说。

"你应该给你的门上一道三重锁。"嘟丽丽说，"谁也说不好以后会发生什么事！"

"我会的。"采小摘说，"你看见长着木头腿的查弟了吗？我还想要谢谢它呢。"

"它们已经走了。"嘟丽丽说，"所有的海鸥都飞去港口了，因为有一群鱼刚刚到港。"

"反正我还会再见到它的。"采小摘说。随后，他走进屋子里。好幸福啊！

空中快线

　　采小摘住回了自己的尖顶小屋。他重新得到了自己的房子，他又可以眺望公园和城市的景象了。鸽子嘟丽丽来到他的窗台上，他们俩交谈起来。

　　"嘟丽丽啊，"采小摘说，"你最近有没有见过好小奇？我再也没有见到过她。"

　　"好小奇？我想，她应该就在自己的家里吧。去看看她吧！"

　　"我不敢。"采小摘说，"去看她的话我就得摁门铃。说不定开门的是她的妈妈。她的妈妈是净一净太太！哦，不，我永远也不敢去！"

　　"我有一个更好的办法。"嘟丽丽说，"她不是住在十九楼吗？我先飞到窗口去看一看，一会儿就回来。"

　　说着，嘟丽丽便飞走了。几分钟后，它飞了回来，还隔着很远就大声地喊道："生病了！"

　　"好小奇生病了？快说说……快点……她是不是躺

在床上？"

嘟丽丽落回到窗台上，说道："是这样，她的卧室外面有一个阳台。我落到了阳台的护栏上，可以看见里面的情况。她躺在床上，所有的东西都是粉红色的，她的枕头的是粉红色的，她的地毯是……"

"够了够了！快说啊！"采小摘喊道，"所有的东西都是粉红色的。继续说！"

"医生就在她的床边。"嘟丽丽说，"他可不是粉红色的。她刚刚被扎了一针。"

"可怜的好小奇。"采小摘说，"我要是能去看看她就好了。可是我不敢……这样吧！我给她写一封信。你愿意帮我把信送去吗？"

"送信！"嘟丽丽兴高采烈地喊了起来，"可以吗？哦，太棒了，那样的话，我就成了一只真正的信鸽！我一直都想成为信鸽呢！"

"当然了，那样你就变成信鸽了。"采小摘说。他写了一封信。信上写着：

亲爱的好小奇：

听说你生病了，这实在太糟糕了。

希望你能尽快好起来，再见。

采小摘

"用一个真正的信封装上。"嘟丽丽说，"再贴上真正的邮票！"

"不对，不用邮票。"采小摘说，"有了信鸽就用不着邮票了。"

他舔了舔信封的封口处，把它合上，说道："给，拿着。小心一点哦！千万要等房间里面没有别人的时候才能给她哦。"

"当然了。"嘟丽丽说，"放心吧，我会小心的！"

它带着信飞走了。在采小摘看来，它走了很久很久。他忐忑不安地等啊等……它到底去哪儿呢？

哈……终于……它回来了。它的嘴里衔着一封信，那是一封粉红色的信。

"她回信了吗？"采小摘喊了起来，"快给我。"

他把信展开，信上写着：

亲爱的采小摘：

我得了麻疹。我很想吃一粒甘草糖，可是

我不能躺在床上吃糖，因为我妈妈说那样会把床弄脏的。

再见。

好小奇

"她想要吃一粒甘草糖。"采小摘说，"也许你可以给她送几颗过去。我这儿有一整卷呢。"

嘟丽丽试图衔住一整卷的甘草糖，可是糖太大，它的嘴衔不住。

"等一等，我有一个更好的办法。"采小摘说。他掏出一个很小的篮子，这个篮子原本是用来盛复活节彩蛋用的。他往篮子里装了几粒甘草糖和几粒水果糖。"你行吗？试一试吧。"

"完全没问题。"嘟丽丽说。

它叼起小篮子飞走了。好小奇的阳台门时刻都是敞开着的，嘟丽丽直接飞了进去。它先是落到阳台的护栏上，仔仔细细地观察了一下屋子里的状况。好小奇独自一人在屋里，她看到糖果高兴极了，急忙把它们取了出来，又把空篮子还给了嘟丽丽。

就这样，采小摘和好小奇之间形成了一条空中快线。

他们互通信件，而每一天，好小奇都会得到一篮子好吃的东西。

起初的三天，一切都相安无事。可是，到了第四天，好小奇嘴里含着一块甘草糖睡着了。当净一净太太来看她的时候，她的枕套已经被染黑了。"是甘草糖！"她的妈妈喊叫起来，"你怎么会有甘草糖的！你这个肮脏的孩子！再也不要让我看到发生这样的事情！"

"不会了，妈妈。"好小奇说。可是，这一天，嘟丽丽又来了。

好小奇的卧室隔壁就是妈妈的卧室，好小奇的阳台隔壁就是妈妈的阳台。两个阳台的中间有一个种满盆栽的小花坛。当嘟丽丽落到阳台上的时候，净一净太太正在自己的阳台上，躲在盆栽的后面。她看见嘟丽丽飞进了好小奇的房间里。

她的心里想，这下我总算知道这个孩子是怎么得到那些肮脏的糖果了。就是这只卑鄙的海鸥给她送来的。（自从净一净太太被海鸥追赶的那一天以来，她就把所有的鸟类都看成了海鸥。）

"我这就给它来一个了断……"她嘀咕道。

"嘟丽丽啊……"好小奇小声地说，"我很想吃一个冰淇淋……可以吗?"

"我试试吧……"嘟丽丽说,它把这句话转述给采小摘。第二天,篮子里便装上了一个粉红色的漂亮冰淇淋,小鸽子叼着篮子飞了过来。

可是篮子太沉了。于是,嘟丽丽飞得比任何时候都低、都慢……它费劲全身力气,想要尽快飞到好小奇的

屋子里，因为冰淇淋已经渐渐地开始融化了……这么一来，它并没有注意到……可怜的嘟丽丽！

它并不知道净一净太太就站在隔壁的阳台上，也没有发现那个觊觎着自己的可恶的人……

净一净太太找来了公寓猫。那是一只满身红毛的大个头猫咪，平日里，它就在大堂里，跟守门人住在一起。今天，她特地把它拖到楼上来。这时，她紧紧抓住了它的两个胳膊。当鸽子叼着沉重的小篮子降落时，净一净太太猛地松开猫，把它推到盆栽另一面好小奇的阳台上。

嘟丽丽被吓得魂飞魄散。它立刻朝高处飞去，可是冰淇淋实在太沉了……猫咪压低身子，准备迎面跃起……

嘟丽丽嘴里的小篮子掉了下来。

砰的一下！冰淇淋全都掉到了公寓猫的脑袋上。

这个家伙的脑袋上就像戴上了一顶粉红色的帽子。冰淇淋滴进它的眼睛里，它什么也看不见了，只能可怜巴巴地喵喵直叫。

净一净太太亲眼目睹了整个过程。"真是一只笨猫！"她喊道，"傻瓜！这下海鸥飞走了！"混乱之中，她并没有留意到，嘟丽丽早就飞进了好小奇的房间里。她并不知道，这会儿，鸽子正在好小奇的房间里飞来飞去呢。

"阳台上有一只猫……"嘟丽丽惊慌失措地大喊大叫。

好小奇从床上爬起来，关上阳台的门，说道："到这儿来，我把你藏起来……藏到我柜子的抽屉里！"

胖嘟嘟的嘟丽丽有危险

好小奇躺在自己粉红色的床上。阳台门紧紧地关着，公寓猫正在屋子外面，舔舐着头顶上的冰淇淋。鸽子嘟丽丽正躲在好小奇粉红色柜子的抽屉里。

房间门打开了，净一净太太走了进来。她的手里托着一个托盘，托盘上放着一碗汤。

"我发现有一只海鸥闯进了屋子，给你送来了肮脏的甘草糖。"她说，"所以我才让公寓猫来把它赶走。记住了，再也不许发生这样的事情。"

"不会了，妈妈。"好小奇说。

"这是你的汤。"净一净太太说，"这可比恶心的糖果有营养多了。至于公寓猫嘛，就让它在阳台上多待一会儿。这样，那只海鸥就再也不敢回来了。给，拿好你的汤。我到抽屉里取你的围嘴。"

"不行！"好小奇喊道。她心中一惊，这才意识到，嘟丽丽正躲在放围嘴的抽屉里。

"怎么了?"净一净太太问道，"你总得围上围嘴才能喝汤啊!"

"我的意思是……我没有勺子……"好小奇结结巴巴地说，"汤里没有勺子。"

"可是我明明放了一把勺子进去啊。咦，你说得没错。我这就去取。"

净一净太太回到厨房里，取了一个勺子。好小奇飞奔下床，打开抽屉。

"放我出去……"嘟丽丽说。

"不行! 那只猫还在外面……"好小奇压低声音说，"快点……到我的床底下去。"

嘟丽丽刚钻到好小奇的床底下，净一净太太便回来了。她的手里拿着勺子和围嘴。"好了，"她说，"我要用拖把把你的床底下拖一拖。"

"不行。"好小奇又喊了起来。

"你怎么这么多事儿!"她的妈妈说，"房间总得要打扫干净啊!"

"可是灰尘会掉进我的汤里的!"好小奇喊道。

"不会的……根本不可能。我先去把阳台的门打开!"

"不行！别把阳台门打开！猫会进来的！"

"你不是不怕猫的吗？"

"我怕。因为那只猫浑身都沾着冰淇淋。"好小奇说，"那些冰淇淋会跟着它一起进来，然后染得地毯上到处都是……还有……"

"好吧，那我就先关着门拖地吧。"净一净太太坚决

地说。

好小奇屏住呼吸……她的大脑一片空白……她的妈妈拿起拖把，就在这时——叮铃铃！门铃响了！

"门铃响了！"好小奇喊了起来。

"我这就去。"她的妈妈说。说着，她放下拖把，走向门厅。

"我现在该躲到哪儿去？"嘟丽丽的声音从床下传来。

"躲到我的衣柜里去。，"好小奇说，"等一下，我先把柜子的门打开……"

可是已经来不及了。医生走了进来，嘟丽丽赶忙钻回到床底下。好小奇急忙翻了个身，回到床上。

"我们又来了！"医生喊道，"我们的大姑娘怎么样了？我觉得你看上去好一点了！你又能喝汤了！现在先趴到床上，该打针了！"

好小奇顺从地趴在床上。她不怕打针，因为打针一点儿也不疼。她害怕的是嘟丽丽会被别人发现。过一会儿，等医生走了……她的妈妈就会来拖地，到时候，鸽子就会被发现了……

"好了，"打完针后，医生说，"再贴一块创可贴。你可真是一个坚强的姑娘，你很快就会好起来的。明天你就可以下床动一动了。"

　　"您想喝汤吗?"净一净太太问,"或者喝一杯咖啡?"

　　"不用,不用,"医生喊道,"哦,不,我实在太忙了。这就要走了。"

"我送您出去。"净一净太太说。

"不用了，我自己走就可以了。哦，对了，太太，我还想提醒您一件事。一旦她好起来了，您就应当让她到海边去待一阵子。那对她的身体很有好处。再见！"他一把抓过帽子便走了。

"去海边……"净一净太太说，"那岂不是我得跟你一起去？我才不去呢，我一点儿也不喜欢大海。那里全都是海鸥！哦……好了，我要做什么来着？哦，对了，拖地！"

"不要拖床底下！"好小奇喊了起来。

"到底是怎么一回事？"她的妈妈问，"为什么不能拖床底下？你该不会是在床底下藏了什么东西吧？你这个淘气的姑娘！"

她弯下腰，朝床底下看了看。好小奇微微地呻吟了一下，把头埋进了粉红色的枕头里。

"什么东西都没有。"她听见她的妈妈说道，"我还以为你在床底下藏了一大堆肮脏的甘草糖呢。可是那里什么都没有。"她用力地把拖布朝床底下推去。

好小奇从枕头里抬起头，她惊讶地看着四周，嘟丽丽不见了，地下根本就没有嘟丽丽的踪影。这是怎么一回事？它是不是趁着医生进来的空档飞到门厅里去了？居然谁都没有看见。或者是在医生离开的时候……它是不是趁着那个时候飞到门厅里去了？它会不会就躲在衣帽架上的大衣里？它会不会跟着医生飞出门去了？难解之谜……难解之谜……

"我还是把阳台门打开吧。"净一净太太喊道，"这样空气就清新多了。我这就把猫送走。"她一把抓起猫咪的脖子。那家伙被从天而降的冰淇淋弄得浑身湿漉漉、黏答答的。她拎着它，走过好小奇的房间，穿过门厅，来到大门口，随后把它丢到了外面的走廊里。

"好了。"她说，"要是那个肮脏的海鸥还敢再来的话，我一定会给它一点颜色看看。你没有甘草糖了吧？"

"没有了，妈妈。"好小奇说。

"很好。把你的汤喝完。那是什么东西？你有两把勺子？你看看，我说了那里原本就有一把勺子的！"

"是的。"好小奇说，"可是它掉下去了……掉到我的床单上了。"

她一边用勺子舀起冰凉的汤，一边想：嘟丽丽到底在哪儿……在哪儿？

还有一个人也在想：嘟丽丽到底在哪儿？

那个人就是采小摘。他正站在尖顶小屋的窗口，一边眺望远方，一边等待。他等啊等，等啊等……可是嘟丽丽还是没有回来。

又是麻疹，还有薯条

采小摘再也忍不住了。他从身后关上了尖顶小屋的门，来到好小奇居住的十九层。走到她家门口时，他停住了脚步。他伸出手，想要按门铃，可是又犹豫着把手缩了回来……哦，不！

不用说，净一净太太一定会亲自来开门的，因为好小奇正躺在床上呢。净一净太太一定会狠狠地呵斥他，然后重重地把门关上……这一点，他确信无疑。

这时，他听见身后传来喵呜声。他转过身，原来公寓猫正站在扶手旁。它正在清洁自己的身体，每次它都先舔一下脚底，然后把脚伸到头顶，用力地摩擦。采小摘认识公寓猫，便说道："你好。"

"你好。"公寓猫说。

"你到底在这里做什么？"采小摘问，"你不是住在楼下的大堂里的吗？你不是跟守门人住在一起的吗？"

"当然了。"公寓猫说，"可是我现在在这儿，不可以吗？"

"咳，我只是问问你在这里做什么而已……"采小摘
说。

"我在清洁自己。"公寓猫说，"享用完这么丰盛的美
餐，我可得好好清洁一番！哎呀呀，这可真是好吃呀。"

"哦，"采小摘说，"真不错。"说着，他便要转身离
去。可是突然，他停住了脚步。他的脑子里出现了一个
可怕的想法。这只猫……就在净一净太太家的门口，而
嘟丽丽却没有回来。

"你吃了些什么？"采小摘着急地问道。

"这不关你的事。"公寓猫说，"不过，我倒是可以
告诉你，那可真是不可多得的美味啊。我进到那间屋子
里，"它一边说一边伸腿指了指净一净太太家的大门，
"然后在那里吃到了……太鲜美了……我只是一伸爪子，
然后啪的一下！"

"住嘴！停下。闭上你的嘴！臭猫！"采小摘怒火中
烧，大声嚷嚷起来。

"你不是很想知道我吃了些什么吗……"猫继续说。

"滚开！"采小摘喊道，"赶快滚！要不然我就把你
踢走！"

公寓猫弓起身子，蹑手蹑脚地从他的身后绕过，朝着石头台阶走去。

　　采小摘为自己如此呵斥一只猫咪而感觉到几分羞愧，可是他的内心却翻江倒海。嘟丽丽被吃掉了……这一点，他确信无疑。

是净一净太太把公寓猫领进门的……正巧就是嘟丽丽飞进屋的那个时候……说不定好小奇亲眼目睹了整个过程。可是她正躺在床上，什么也做不了。

要是能和好小奇聊一聊就好了。

他垂头丧气地走过走廊。

这一切都确信无疑了吗？那只猫真的把他钟爱的鸽子吞进肚子里了吗？难道帽子公寓里没有一个人看见事情的经过吗？他想到了住在楼上的捣蛋一家，于是匆匆忙忙地朝着高高的石头台阶跑去。

不一会儿，采小摘气喘吁吁地来到了捣蛋一家凌乱不堪的客厅里。这里的一切让他感到自己似乎从来没有离开过。周围充斥着一股薯条的气味，五个小捣蛋穿着睡衣在屋里走来走去。

"你们又生病了吗？"他问。

"我们的病还没好。"他们喊道，"我们得了麻疹。"

"怎么这么长时间还没有好？我上一回来到这里的时候……已经是好几个月前的事了……"

"亲爱的采小摘，"捣蛋爸爸说，"你是上个星期来的，或者一个星期多一点吧。你不记得了吗？快去垫子上坐一会儿吧，我一会儿给你端一盘薯条和蘸酱来。"

刚刚过了一个星期？这怎么可能呢？可是等采小摘仔细回想了之后，他才发现，捣蛋爸爸说的没错。这一个星期里发生了太多的事情。好小奇、可怜虫、净一净太太，还有海鸥。在他被赶出尖顶小屋之后，他还在钢笔先生那里借住了几天。

"我们还从楼上看到过你呢。"捣蛋爸爸说，"有几次，我们看见你开着那辆红色的吊车走远了。"

"有一回，我们还看见了你的鸽子。"年纪最小的小捣蛋说，"我们看见嘟丽丽在我们的窗口飞来飞去。它的嘴里叼着一个很小的篮子。那个篮子里装的是什么？"

采小摘深深地叹了一口气。

"该不会是发生了什么不愉快的事情吧？快说说！"

他讲述了关于病快快的好小奇的事，也讲到了空中快线。所有的小捣蛋们都惊讶不已。他们忘记了手里的食物，一动不动地安静了足足半分钟，然后，他们开始七嘴八舌地嚷嚷起来。

"我一点儿也不相信！""那只鸽子飞得那么快，猫肯定抓不住它的！"

"不会，绝对不会！""会的，一定会！""不是的！""不对，一般情况下不会，可是这一回它叼着一个

小篮子呢。""即使那样也不会!"

"安静!"捣蛋爸爸喊道,"不要同时叽叽喳喳的!不管怎么说,你现在还不能确信这样的结果,采小摘。那只公寓猫是一个吹牛大王。说不定嘟丽丽一会儿就飞回来了,也许它现在正在你的尖顶小屋里等你回去呢。"

采小摘摇了摇头。"我不相信,"他说,"嘟丽丽是绝对不会这么长时间都不会回来的。它每天都是立刻回到我的身边,告诉我那里的情形,有时候还会给我带回一封好小奇写的信。我要是能跟好小奇聊一聊就好了,可是我不敢去敲门。也许你们中间有谁可以……"他犹豫不决地看了看围坐成一圈的捣蛋们。

"我们?"捣蛋爸爸喊了起来,"去按净一净太太家的门铃?"

"你们不敢吗?"

"咳……敢……不过,你要知道,她是不会让我们进门的。她一看见我们就会当着我们的面把门关上。这种事情我们已经经历过好多回了。我想,她是嫌我们太脏了。"

"那我就耐心地等,等到好小奇好起来,能够出门为止。"采小摘说,"而在这段时间里,我永远也无法知道嘟丽丽身上究竟发生了什么事。"

"你的薯条快要凉了。"捣蛋爸爸说。

为了让薯条爸爸宽心，采小摘叉起了满满一叉子的薯条。薯条很好吃，可是他却觉得难以下咽。

电视机

"你为什么不多吃一点？"捣蛋爸爸问采小摘。

"我没什么胃口。"采小摘说，"而且我也该回家了。"

"你这就要走了吗？"小捣蛋们大失所望地问道，"你不再留下来看一会儿电视了吗？"

"让他走吧，"捣蛋爸爸说，"你们也看出来了，他正伤心呢！他的鸽子被那只可恶的公寓猫生吞了。他没有胃口吃薯条，也没有心情看电视。再说了，你们也全都该去睡觉了。你们还生着病呢。"

"我没有！"年纪最小的喊了起来，"我没有生病。"

"可是你也得去睡觉了。"捣蛋爸爸说，"真奇怪，医生今天没有来……他不是明明答应了会来的吗？不管怎么样，全都到床上去。你们可以躺在床上看电视。我已经把它打开了。你确定你不想再待一会儿了吗，采小摘？"

"真的不待了。"采小摘说，"谢谢你们，再见！"

采小摘走出门，来到外面的走廊里。这时，年纪最小的小捣蛋上气不接下气地追了出来，说道："拜托你，能回来一下吗？我们的电视机出毛病了。"

"可是我回去又能有什么用呢？"采小摘问。

"我们觉得……你那么聪明……"小捣蛋说，"说不定你可以把它修好。"

"我？我对电视机根本一无所知啊。"采小摘说，"简直一窍不通！"

"求你了……"小捣蛋说，"来瞧瞧我们的电视机吧。"

采小摘一边叹气一边跟着他回到屋里。

捣蛋爸爸和小捣蛋们全都围绕在电视机的周围。

"采小摘来了！采小摘一定能把它修好的！"他们喊道。

"我真的对电视机一无所知。"采小摘说，"你们得找一个专业的人来看看，这对普通人来说实在是太难了，因为……"这时，他一眼就看到电线松松垮垮地耷

拉着。原来插头并没有插进插座里，他把插头插了进去。不一会儿，电视机里就传出了声音，随后，又有了图像。

"瞧见了吧！"小捣蛋们欢呼起来，"是采小摘把它修好的！"

捣蛋爸爸紧紧地握住他的手，说道："非常感谢你，孩子。"

"这没什么。"采小摘说。他打算第二次向他们道别，可就在这时，他听见一个小捣蛋喊道："医生！是医生！"

采小摘四下里瞧了瞧，周围并没有医生。他这才发现，原来小捣蛋正指着电视机。

"是真的呢！那是我们的医生！"捣蛋爸爸喊道，"难怪他今天没有来，原来他是要上电视啊。他在做什么？嘘……孩子们，你们全都安静一点！"

采小摘站着不动，仔细地听着。他也认识医生，因为他总是在帽子公寓里为生病的住客看病。显然，他正准备说说关于麻疹的事。

"亲爱的家长们，"医生说，"正如您所知道的那样，麻疹是一种儿童疾病。它并不严重，您无需担心。这种病症一定能够治愈。我这就向您展示我开给所有患有麻疹的儿童的药物。"医生把手提包摆到面前的桌子上，他打开手提包，从里面掏出一大卷绷带，说时迟那时快，一只胖嘟嘟的鸽子从手提包里飞了出来。

所有的小捣蛋们都欢呼雀跃："他变了一个魔术！医生是一位魔术师！"

可是采小摘却愣了一下，随后用压倒一切的嗓音喊道："嘟丽丽！那是嘟丽丽！"

他张开双臂，倒在垫子上，不停地蹬腿，同时不断地大笑、尖叫、欢呼。

"嘘……安静一点！"捣蛋爸爸喊道，"继续看！"

显然，医生惊呆了。很长一段时间，他都惊讶得说不出一句话来。终于，鸽子从屏幕上消失了，医生这才继续他的讲话。

"很抱歉，亲爱的家长们，"他说，"这只鸽子在我不知情的状况下钻进了我的手提包。那东西已经被放了出去，我们现在继续说关于麻疹的事。"

"我走了。"采小摘说。

"等一下！"捣蛋爸爸说，"别这么着急！别忘了，电视台在比萨城！它得从比萨城一路飞回来呢！"

"是啊，"采小摘说，"可是我得赶在它之前到家。"

他匆匆忙忙地向小捣蛋们挥手道别，然后飞快地冲出门，朝着尖顶小屋跑去。

当他沿着石头台阶往上跑的时候，他看见了公寓猫。这只猫一看见采小摘就紧张不安地把身体蜷缩成一团。

"别害怕。"采小摘说，"我不会伤害你的。不过你也对我撒了一个弥天大谎。"

"我撒谎了吗？"大猫问，"我说了什么？"

"你说你……"采小摘沉默了。大猫从来没有说过自己把嘟丽丽吞进了肚子。这全都是他自己的猜测。

"算了……"他说。

他来到尖顶小屋的门口，停住了脚步。他依靠着拱廊里的扶手，凝视着天空。

傍晚时分，天色暗了下来。采小摘等啊等，等啊等。

当天空暗到他再也看不见远方的景象时，他突然听到一阵拍打翅膀的声音。嘟丽丽从天上落了下来，来到他的身旁。它早已筋疲力尽、疲惫不堪。

"给我一点水……"它虚弱地说道。

采小摘为它端来了一碗水，又拿来了几粒玉米。它很快就吃了个精光。

"我在手提包里待了很长很长时间。"它说，"差一点就被闷死了。"

"你怎么会到手提包里去的？"采小摘问，"快告诉我！"

"在好小奇家……医生来到好小奇家里，而我刚好在床底下。我必须找到一个可以藏身的地方……而手提袋恰好敞开着，于是我就爬进去了。我以为……他会去看望下一位病人，到时候再把手提袋打开。可事实并不是这样，他开车去了很远的地方，时间过了很久很久……当手提袋被打开的时候，我发现自己在一个满是巨大照明灯的屋子里……那里有很多人……我到现在还不知道那是个什么地方。"

"那里是电视台。"采小摘说，"你上了电视。我看见你了。"

"我？上电视了？你看见我了？"

"我看见你从手提包里飞了出来。"采小摘说。

嘟丽丽把所有的不悦和困倦都抛到了脑后，它的内心充满了骄傲。

"我是一只电视鸽子。"它说，"我是不是出名了，采小摘？"

"我想是吧。"采小摘说，"至少能出一天名。不管怎么说，你总算是安安全全地回来了。"

猴子套环

"我真的很想知道好小奇到底怎么样了，"采小摘说，"而且，我想好小奇一定也很想知道我们的状况吧。"

"我倒是敢飞到她的阳台上去。"嘟丽丽勇敢地说。

"不行，"采小摘喊道，"拜托，别去！我想，我还是去找找捣蛋一家吧。"

看到采小摘进来，小捣蛋们非常高兴。

捣蛋爸爸依旧系着围裙，在厨房里忙碌。这一回他不是炸薯条，而是在煮芸豆汤。

"坐下吧，采小摘！是的，就坐地上！屋里乱糟糟的，你别介意。一个男人带着这么多个孩子……不用说，一定会乱糟糟的。你要来一碗芸豆汤吗？"

"当然好啊，"采小摘说，"你们感觉好些了吗？麻疹是不是已经好了？"

"我们感觉好多了，我们还要去海边呢。医生说了，我们得全都到海边去待一阵子。"

"太好了。"采小摘说。他一边吃着芸豆肉丸汤，一边说起了好小奇。好小奇就住在他们的楼下，只比他们低一层楼，而她依旧病着。

"难道就真的没有办法能爬到她的阳台上去吗?"他问，"我能不能从你们的阳台出去，然后爬到她的阳台上?"

"不行，不行，绝对不行!"捣蛋爸爸喊了起来，"这里太高了。况且外面连一个落脚的地方都没有……外面只有光不溜秋的钢筋混凝土，你自己看!"他带着采小摘来到阳台上。"看看吧，"他说，"从这里刚好能看见好小奇房间外那个阳台的一个小角落。你看见这里有多高了吗?"

采小摘惴惴不安地朝下面张望了一下。这里有二十来层楼那么高，他这才明白，想要从这里爬下去简直就是天方夜谭。

这时，年纪最小的小捣蛋来到他的身旁，说道:"爸爸，我们为什么不做成猴子套环呢?"

"什么? 哦，不行……那可不行，采小摘一定不敢的。"捣蛋爸爸说。

可是兄弟几个全都围上前来，上蹿下跳地喊道:"是啊，是啊，他敢的。就做猴子套环！"

"什么是猴子套环？"采小摘问。

"咳，不行……"捣蛋爸爸说，"我们还是别那么做了。"

"要的，要的！我们要那么做！而且他也敢的！你明明敢的，对不对，采小摘？"

"那到底是个什么东西？"采小摘问，"什么是猴子套环？"

"嗯，是这样的。"捣蛋爸爸说，"有一回，我们的球掉了下去，恰好掉到了我们楼下的那个阳台上。你知道的，我们可不敢去净一净太太家按门铃……因为我们有一点怕她。"

"是啊，"采小摘说，"这一点我知道。"

"嗯，于是我们就做成了猴子

套环……我们是怎么做的来着，孩子们？"

"我们做给你看，采小摘。快来，我们要开始啦！"

好小奇依旧躺在楼下公寓里的床上。她每天都有一两个小时的时间可以下床活动。只不过她不能出门。

这会儿，她正躺在敞开的阳台门跟前望着外面的蓝天。每当有小鸟从窗口经过的时候，她就会撑起身体，半躺在床上，期盼着那是嘟丽丽。可是嘟丽丽一直都没再出现。

她的心里十分挂念，想要知道嘟丽丽究竟怎么样了。这只鸽子到底上哪儿去了？嘟丽丽还活着吗？采小摘呢，他怎么样了？他是不是偶尔也会想起她？或许是他太忙了……

好小奇就这样躺在床上，心中充满着担心与忧虑。她感到十分悲伤。我还是睡一会儿吧……她心里想。于是，她闭上了眼睛。

"嘿！好小奇！"一个微弱的声音在她的不远处响起。好小奇心中一惊，直直地从床上坐了起来。

敞开的阳台门外挂着一个脑袋——一个倒挂着的脑袋！这个脑袋涨得通红。

"采小摘!"好小奇喊了起来。

"你好,"脑袋有几分吃力地说道,"你怎么样?"

"我很好。"好小奇说,"快点,快点,快告诉我嘟丽丽现在安全吗?"

"嘟丽丽很好。"采小摘说,"它已经回来了。它钻进了医生的手提包。"

"哦,原来它钻到那儿去了呀!"好小奇说,"你是怎么倒挂下来的?"

"我正挂在一个猴子套环的底端呢。"采小摘说,"我挂在三个小捣蛋的下面。不过我可坚持不了多久了哦！你的身体好些了吗？”

“是的。”好小奇说，“医生说我必须到海边去。可是我的妈妈不愿意去海边，她害怕海鸥。”

“这一点我明白……诶，我觉得自己被拉上去了……再见。”

“快点……”好小奇说，“我听见妈妈过来了……”

脑袋一下子就消失不见了。

“你在跟谁聊天？”净一净太太一边走进屋一边问。

“我只是一个人在唱歌而已……”好小奇说，“我很开心，因为我的身体好起来了。”

采小摘回到了楼上捣蛋一家的阳台上。

“现在你知道猴子套环是怎么一回事了。”捣蛋们说，“是不是很刺激？你跟她说上话了吗？”

“是的。”采小摘说，他的脸因为用力过度而变得红扑扑的，“她的身体好多了。医生说她必须到海边去待一段时间。”

“她跟我们一样。”年纪最小的小捣蛋喊了起来，“医生也说我们必须到海边去。”

“好小奇可以跟你们一起去吗？”采小摘问。

"当然可以了。"捣蛋爸爸说，"我们倒是没有问题。可是她的妈妈会同意吗？"

"嗯，您去问问净一净太太吧。"采小摘说。

"什么？我？让我去问净一净太太？"捣蛋爸爸惊慌失措地喊道，"哦，不，我可不敢。哦，不！你还是自己去问吧。"

"我？"采小摘说，"我可绝对不敢去找她的妈妈。"

"让我们好好想想吧……"捣蛋爸爸说，"帽子公寓里有谁敢替我们去问她呢？"

"也许医生敢。"年纪最小的小捣蛋说。

"当然了！就是医生！你趁着医生上班的时候去找

找他，采小摘。你去跟他好好谈谈。不过你得先把这碗汤喝完。"

"非常乐意。"采小摘说。为了做猴子套环，他的肚子都饿扁了。

"嗯……"捣蛋爸爸说，"要是我们所有人带着好小奇一起去海边的话……你会跟我们一起去吗？我们在沙丘上有一栋房子。而且我们可以开我们的汽车去。"

"那么我就过去借住几天。"采小摘说，"我会开着我自己的小吊车去的。"

洁净一下午

　　医生住在帽子公寓的一楼。他门口的走廊里摆了整整一排椅子，椅子上坐着候诊的人。他们一个接一个地进去看医生，排在最后面的是一个男孩。

　　"呶，"医生说，"说说吧，有什么不舒服？"

　　"没有。"男孩说。

　　"没有？那么你到这里来做什么？"

　　"我想要问问您……"

　　"你想要问我什么？快一点说，因为我正忙着呢……等一下，你不是采小摘吗？"

　　"是的。"采小摘说。

　　"我认识你。"医生说，"我见过你开着你的小吊车从我面前驶过。快告诉我，你想问些什么？"

　　"是关于好小奇·净一净的。"采小摘说。

　　"关于好小奇的？她是我的病人。她得了麻疹，我觉得她应该到海边去待一段时间，可是她的妈妈不愿意。"

"正是如此，医生。"采小摘说，"捣蛋一家正打算到海边去。他们很愿意带着好小奇一起去。"

"捣蛋一家？对了，是啊。他们也得了麻疹。天哪，这简直棒极了。好小奇可以跟着捣蛋一家一起去啊。"

"我们很希望可以这样。"采小摘说，"可是我们谁也不敢去问。"

"谁也不敢去问什么？问谁？"

"谁也不敢去问净一净太太，问问她允不允许好小奇跟他们一起去。"采小摘说。

"是吗？"医生喊了起来，"哎呀呀，真傻呀！只不过……我也能够理解。她可不是一位好说话的夫人。要不这样吧……我这就去找她。我替你们去问，你就等我的消息吧。"

当医生来到净一净太太的家里时，净一净太太正在忙着擦地。她跪在地上，脚旁放着一桶肥皂水。与此同时，好小奇则被她放到了一个橱柜的顶上。

"您能不能到那块抹布上站一会儿，医生？"净一净太太问道，"我得把这块地板擦洗干净，您明白吗？"

"我知道了。"医生说，"嗯，这确实很有必要。"

净一净太太大吃一惊，放下了手中的刷子。"哦，是吗，您真的这么觉得？"她问道，"您觉得这里很脏吗？"

"咳……"医生迟疑了一下，"倒是也没有那么脏……只不过……"他伸出一根手指，在椅子上刮了一下，然后把手指放到鼻子跟前。"不过，您要是能够把整栋房子彻彻底底地打扫干净，那倒是非常好的。"

"可是我已经打扫过了啊，医生。"净一净太太喊道，"是春天的时候！我可是给这栋房子来了彻底的春季大扫除呢！"

"可是现在又脏了。"医生叹了一口气，"真是太可惜了！"

"您得这么想……家里有一个孩子跑来跑去，地板自然比较容易脏……"净一净太太说。

"的确如此。"医生说，"要是好小奇能离开一两个星期就好了，那样的话，您就可以随心所欲地打扫屋子了。况且，对好小奇来说，要是她能去海边待些日子的话，那也是一件好事。"

"但是我是不可能让她独自一人去海边的啊。"净一净太太说。

"是啊，"医生说，"我恰好认识一家人，他们很愿意带她一起去海边。那是非常洁净的一家人。"

"哦，是吗？"

"是啊，您好好考虑一下吧！您可以有整整四个星期的时间来打扫屋子，您可以把整栋房子都清洗个遍，可以把所有的柜子都整理干净，还可以把所有的窗帘都洗一通。"

净一净太太似乎被他说服了。"我倒是十分愿意。"她说，"愿意带好小奇一起去海边的是些什么人呢？"

"就是楼上的捣蛋一家。"医生说。

"是他们？"净一净太太恼羞成怒起来，"哦，不行，绝对不行！"

"为什么？您认识他们吗？"

"我不认识他们，可是我听说他们非常邋遢。他们的家里乱糟糟的，而且他们的头发都很长。别人是这么告诉我的。"

"咳。"医生说，"最近一段时间，我恰好到他们家去了好几次，因为那些男孩们也都得了麻疹。一个接着一个，全都有麻疹。可是我从没发现他们很邋遢啊，他们并没有给我留下邋遢的印象。"

"哦，是吗？"净一净太太问道，"这么说来，这也算得一个好主意喽？这样吧，医生。我想亲自去看一看。我要亲眼看看他们的家里到底是不是那么整洁。"

"我觉得这个主意好极了。"医生说,"我会告诉他们,您今天下午会到他们家去坐一会儿,喝杯茶。再见,净一净太太。再见,好小奇!"

医生一出门,便在走廊里看见了采小摘。

"成功了吗?"采小摘问。

"她今天下午要去做客。"医生说,"立刻去告诉捣蛋爸爸,帮他们一起把房子整理干净。净一净太太想要去看看他们到底是不是洁净的一家人。你一定要确保不出任何问题。加油!"

采小摘匆匆忙忙地跑到楼上,来到捣蛋一家,却发现今天他们家比平时更乱。小捣蛋们正在打枕头仗,羽毛在房间里漫天飞舞。地上铺着垫子,垫子上满是早餐时掉落的面包屑,一个大茶壶掉到了地上。

当捣蛋爸爸听说好小奇的妈妈要来做客时,他绝望地举起了双手。

"不可能!"他喊道,"我们怎么可能在几个小时之内把这里打扫干净?"

"我有办法。"采小摘说,"我们把这个房间的门关上,只需要把门厅和那个偏厅打扫干净就可以了。我来帮你们。"

"孩子们！拿水管来！"捣蛋爸爸喊道。

他们埋头苦干，用水管把门厅和小偏厅冲洗了一遍。他们擦啊洗啊拖啊，直到四处都被擦拭得闪闪发亮。

他们并没有收拾大房间，还把所有的杂物都丢到了那里。

时间到了下午，当净一净太太来到他们家时，他们把她迎到了一个一尘不染的小偏厅里。

捣蛋爸爸和所有的小捣蛋们整整齐齐地坐成一排，就好像有摄像师要来为他们拍照一般。他们的头发被梳得油光锃亮，所有人都穿着衬衫、打着领带。等净一净太太就坐后，所有人都翘着小拇指喝起茶来。

"您家可真洁净啊。"好小奇的妈妈说，"我听说您在耙子海岸有一栋度假小屋？"

"是的，太太。"捣蛋爸

爸说，"那是一栋非常洁净的房子。"

"您是打算开车去吗？"

"是的，太太，那是一辆非常洁净的汽车。"

"您会帮我看着好小奇，不让她在沙滩上把自己弄脏吧？"

"弄脏？"捣蛋爸爸惊讶地喊道，"那个姑娘经常会把自己弄脏吗？哦，要是那样的话，她可不能跟我们一起去。会把自己弄脏的女孩……不行……我觉得很可惜，但是她不能跟我们一起去。"

"哦，不是，不是，"净一净太太的脸涨得通红，嚷嚷起来，"我会告诉她，这段时间内，她必须把自己保持得干干净净、完美无瑕。"

"那好吧。"捣蛋爸爸说，"我们星期二早上出发。您早一点把她送过来，记得带上她的箱子。"

"就这么说定了。"净一净太太说，"我该走了。谢谢您的茶，我觉得您的房子非常洁净。"

于是，净一净太太走了。幸亏她没有看到大客厅里的模样……

到耙子海岸去

采小摘从梦中惊醒，看了一眼他的闹钟。已经七点钟了！他睡过头了。六点钟的时候，捣蛋一家就会开着车，带上好小奇一起出发了。他答应了会和他们一起去。是啊，不过他会开着自己的小吊车去。他答应了会开着车跟在他们的后面，可是他已经晚了整整一个小时。

采小摘花了三秒钟的时间穿上衣服。他拿起空空的图钉盒，对咂咂说："快点到你的盒子里去，我们要出发了！"

"我想要留在家里，你觉得可以吗？"咂咂说，"海风会对蟑螂造成很大的伤害。"

"可是那样的话你就得一直独自待着了。"采小摘说，"说不定会是整整一个星期呢。"

"没有关系。"咂咂说，"你给我留几片苹果皮就可以了。记得一定要把门关严实，确保任何人都进不来。

再见。"

"你确定吗?"采小摘问。

"非常确定。"咂咂睡意未消,小声地回答,"我宁愿独自待着,也不愿意去海边。"

采小摘对它说了一声再见,便提着行李箱出了门。他站在门口,用三把钥匙锁住房门,然后匆匆忙忙地朝电梯跑去。可是,当他来到大楼外面的街道上时,那里根本就没有捣蛋一家的踪影。他们已经走了。

我得把车开得飞快才行,采小摘心里想。说不定能在半路追上他们。

清晨的街道十分宁静,他坐进小吊车,加足马力,从帽子公寓门口开过,然后向右转,他刚一转弯,便看见捣蛋一家的汽车正停在路边。

采小摘立刻停下车来。

这辆汽车非常陈旧,车里满满当当的都是小捣蛋们。

车子里坐着六个男孩,外加一个好小奇。车子上面捆着行李箱、手提袋以及其他很多塞不进汽车里的东西。捣蛋爸爸正站在车子跟前,用力摆弄一个曲柄。这辆车实在是太旧了,必须依靠曲柄才能发动起来。

"我们真倒霉!"捣蛋爸爸嘀咕道,"我们才出门就倒了大霉！才走了十米，车子就动不了了。它发动不起来了，引擎罢工了，我完全无法启动它。我真是想不明白，五十八年以来，它一直都好好的。它还是我的祖父留给我的呢，可是突然就坏了。怎么会这样呢？"

"我有一个办法。"采小摘说，"我的车子上有一根绳索，我可以拖着你们走。"

可是，当他们用绳索绑住采小摘的小吊车，试图开动的时候……却一点动静也没有。一切都静止不前，他的小吊车太小了，根本拖不动沉重的大汽车。

"我们就不能坐你的车去吗？"小捣蛋们问。

"当然不能了，"采小摘说，"更何况你们还有这么多行李箱呢。"

"要不然我们推一下试试？"好小奇问，"我可能推了。"

"推？一直推到耙子海岸吗？那会需要整整十四天呢。"捣蛋爸爸嘟囔道，"不行，孩子们，我们必须另外想个法子。来吧，我们一起到人行道上坐着，想想办法。"

于是，他们一起坐在人行道上。有捣蛋爸爸、六个小捣蛋、好小奇，还有采小摘。他们坐成一排，所有人都耷拉着脑袋，陷入深深的思考。突然，他们全都被一

125

个沙哑的声音吓了一跳："这是怎么一回事？"

原来是少校，他和他的副官一同坐在一匹身体很长的马上。采小摘还记得，那匹马叫长身马。

"发生什么事了？"少校问，"那辆破铜烂铁堆成的车上是不是有什么零件坏了？"

"它可不是什么破铜烂铁。"捣蛋爸爸说，"它是一辆非常棒的汽车，已经开了将近六十年了。可是现在它坏了，而我们要去耙子海岸呢。"

"这样啊，"少校说，"好吧，我可以送您一程，就用我的马。小家伙们可以全部坐到我的马身上。我送您去

耙子海岸！"

可是马儿自己却嘟哝着发起牢骚来。"不行！"长身马喊道，"这里的人太多了，我做不到，我会被压断的！"

"鬼话连篇，马儿。"少校说，"我们不是还有'轮子'吗？副官，立刻把轮子取来。"

采小摘很好奇那是什么样的轮子，以及它应该被装在哪儿，可是当副官回来的时候，他便明白了。那是一种非常实用的底盘，它被绑在长身马的肚子底下，下面还装着小轮子。

"行了，"少校说，"现在我们分配一下。把行李箱放

到吊车上去，捣蛋先生也一样。其他人到我的马儿身上来。"

"哎哟，哎哟，我快被压断了。"当六个小捣蛋和好小奇全都爬到长身马身上时，它喊了起来。可是少校却说："不许发牢骚！你的肚子有轮子托着呢，你还想怎么样？你要是累了的话，就把腿收起来，往前滑一段。你总得做些事情报答采小摘吧！是他把你从水里救上来的！"

"哦，是的。"长身马羞愧地说。于是，它乖乖地走起路来。

这真是一支奇怪的队伍。

采小摘和捣蛋爸爸开着吊车在前面走，车上绑满了行李箱和旅行袋。

他们的后面跟着长身马，它的身上驮着少校和六个小捣蛋，外加一个好小奇。可怜的副官被他们抛在了后面，只能站在人行道上向他们致意。

幸运的是，天气很好。经过将近一天的时间，他们终于来到了耙子海岸。长身马不仅走路慢，还常常怨声载道，每个小时都得休息一下。当他们终于见到大海的时候，所有的小捣蛋们疯狂地欢呼起来，而好小奇则想立刻一头扎进水里。然而，捣蛋爸爸却喊道："先到我们的家里去！"他指了指一条路，那条路通往一座用木头搭建而成的假期小屋，小屋就在沙丘脚下，紧挨着沙滩，不远处便是灯塔。

"您今晚留在我们家睡觉吗，少校？完全没问题哦。我们家能住下十个人呢。"

"非常感谢您的好意。"少校说，"我要回到帽子公寓去。来吧，马儿，向后转！"

他们向少校表示了感谢，然后与他挥手道别。接着，他们便走进了房子里。

采小摘还从来没有见过这么有趣的假期小屋。整栋房子里只有一个卧室和一个小厨房。卧室里挂着十张吊床。

"我们每人一张。"捣蛋爸爸说，"还剩下一张，以防万一，留给需要借住的人。谁知道会不会有人来呢？"

等他们把所有的行李都收拾妥当，已经到了晚上八点，太阳渐渐地落下了。

"我们还来得及一起到海里去游一会儿。"捣蛋爸爸说，"不过只能游一小会儿，然后就立即上岸。"

于是，他们便去了。六个小捣蛋、好小奇和采小摘手拉着手，迎着高高的海浪。海水冰冷冰冷的，惬意极了。夕阳下的他们全都变成了粉红色的。

当他们回到岸上，擦干身体后，采小摘发现沙滩上有一个东西，那个东西也是粉红色的。原来是一个漂亮的大贝壳，他把它塞进了衬衣的口袋里。半个小时之后，他们全都躺在吊床上，安然入睡了。睡梦中，他们见到了高高的、狂野的海浪。

大舌头嘟嘟

　　他们已经在捣蛋一家的房子里住了三天。这是悠然自得、阳光普照、温暖和煦的三天，他们成天都在海水里和沙滩上玩耍。

　　这栋房子非常小，只有一个卧室和一个小厨房。可

是房间却很惬意，每个人都睡在吊床上。六个小捣蛋每人都有一张吊床，除此之外，捣蛋爸爸、采小摘和好小奇也各自有一张吊床。还有一张吊床是空着的。它被剩了下来。万一有人来借住，就可以用到它了。

第四天早上，捣蛋爸爸把所有人都叫醒了。

"孩子们，下暴风雨啦！"他喊道，"快看看哪！！"

他们全都从吊床上爬了下来，望着窗户外面。

暴风雨侵袭着他们的房屋，太阳不见了，沙子拍打着窗户。海浪的呼啸声似乎就在耳边，还真有点吓人呢。

"家里没有吃的东西了！"捣蛋爸爸喊道，"我们已经没有可以用来当早点的食物了。况且，这样的天气，我们也没法到村子里去买东西。"

"我到村子里去一趟。"采小摘说，"开我的小吊车去。"

"迎着暴风雨去？"捣蛋爸爸说，"你真的愿意这么做吗？"

"我倒是觉得挺有意思的。"采小摘说。他拿起购物清单和一个很大的购物袋，坐上他的小吊车，朝着村子驶去。

风好大呀。他不得不用手摁住头顶上的帽子。沙子吹进他的眼睛里，他几乎什么东西都看不见了。可是采小摘很坚强，他并没有放弃。

他在村子的超市里买到了清单上的所有东西。有面包、黄油、奶酪、果酱，还有很多很多其他的东西。购物袋被装得满满的，顶上还放了九根冰棒——每人一根。

于是，他开着车回家了。

采小摘心里想：我得开得快一点，要不然，冰棒会融化的。这样吧，我可以横穿沙丘，沿着这条小路走，这条路近得多。于是，他驶进了沙丘小道。

小吊车勇敢地轧过沙子。可是暴风雨实在太大了，沙丘上的沙子被吹到半空中。才过五分钟，小道就被掩埋不见了。这时，砰的一下！他的车子停下不动了。

他被困在了一个沙堆里。

采小摘从车上下来连推带拽，可是他的车却纹丝不动。

没有别的办法，我只能走回去了……

他提起沉重的购物袋，吃力地穿越沙丘。突然，他的帽子被风刮走了。采小摘急忙去追，可是他刚一靠近，一阵风把沙子吹进了他的眼睛里。他只好放下手中的购物袋。等他再次睁开眼睛的时候，帽子已经不见了。更加糟糕的是：他找不到路了。他甚至无法辨别大海的方向，他的身旁只有高高的沙丘。

阴暗、浓密的乌云在天空中席卷而来，太阳不知躲去了哪里，采小摘迷路了。

他双臂提着沉重的购物袋在沙丘间穿梭，可是沙丘的后面还是沙丘。采小摘一直在向前跋涉和与暴风雨抗争，感到十分疲倦，最终，他来到一个沙丘的凹陷处坐了下来，说道："我实在是不知道了。我迷路了，他们永远也找不到我了。我只能在这里等，等到暴风雨停下，可是这也许会需要一个星期的时间。周围也没有人可以为我指路，就连一只海鸥也没有。"

独自一人在暴风雨中身困沙丘，焦虑感油然而生。可是他身旁有一个被装得满满当当的购物袋，这为他带来了些许安慰。

采小摘心里想：反正我不会被饿死。我这里的食物够吃一个月了。他仔细倾听，希望能够透过猛烈的狂风听到大海的声音……

要是能够知道大海在哪个方向就好了。

这时……在两阵狂风之间……他听到了一个声音。这个声音离他很近：嘟——嘟——之后又是一声嘟——嘟——听起来像是收音机里传来的报时信号。

采小摘想道："好像我的口袋里有一个小收音机似的。可是我没有带收音机啊。"

他摸了摸自己的口袋，是贝壳！是他第一天在沙滩上捡到的那个巨大的、漂亮的、粉红色的贝壳！

他把贝壳放在耳朵旁边。没错，就是贝壳。嘟——嘟——他继续听着。

这是，嘟嘟声停止了，贝壳里传来一个十分微弱的声音。

那个声音说道："那里系（是）大海。"

采小摘朝四周望了望。他半信半疑地看着沙丘，不知道大海被系在了什么地方。可是那个声音却继续说："两座虾丘的后面就系大海。"

这下儿，采小摘明白了，贝壳说的与"系"无关。它所说的是两座山丘的后面就是大海。

原来它说话时有一点大舌头罢了。采小摘抓起购物袋，朝着两座山丘的方向走去。他把贝壳紧紧地贴在耳朵旁。

"一级（直）向前九（走），就能到海岸了。"贝壳说。

"谢谢你。"采小摘说。

他朝着贝壳的深处瞧去，想要看看那里面是不是住着什么动物。可是没有，这只是一个空贝壳，里面什么东西都没有。

"一级向前九。"贝壳说，"颜（然）后就能看见虾（沙）滩了。"

采小摘继续向前走，越过最高的那座沙丘，随即看见了沙滩，他还看见了灯塔和长长的防波堤，那是他们游过泳的地方。这下，他可以找到捣蛋家的房子里。他高兴极了，说道："谢谢你！原来你会指路呀！你从来都没有指错过吗？"

"我穷（从）来都没有几（指）错过。"贝壳说，"我系一个大鞋头嘟嘟。"

"大舌头嘟嘟？真是一个有趣的名字！从现在开始，我会随时把你带在身边，那样的话，我就永远也不会迷路了。快说说……你怎么会认识路的呢？"

可是大舌头嘟嘟只回答了两声"嘟——"随后便不再说话了。

采小摘艰难地穿过潮湿的沙滩，沿着大海，朝房子走去。

捣蛋一家和好小奇正一同站在窗口，朝他张望。他们大呼小叫地把他迎进了门。

"采小摘没戴帽子！"他们尖叫道。

"采小摘没开吊车！发生什么事了？"

"至少他还带回了一大袋东西。"捣蛋爸爸说，"快说说吧！"

采小摘讲述了他的车子是怎么被困住的，又讲了自己是怎么迷路的。可是他并没有提到大舌头嘟嘟，这是只有他一个人才能知道的小秘密。

如今，他有了一个会为他指路的贝壳。这样的感觉太奇妙了。

"等暴风雨一停，我们就去沙滩上，把你的车子拖回来。"捣蛋爸爸说，"还要去把你的帽子找回来。可是现在我们先吃早饭吧，因为，哦，孩子们，我们都快饿死了。咦！袋子里的九根棒子是用来做什么的？"

"它们是……它们是冰棒。"采小摘说，"太糟糕了！它们全都已经融化了。"

查姐掉进油里啦

这是耙子海岸上一个美好、温暖、阳光普照的早晨。所有的小捣蛋们都在沙滩上玩耍，采小摘和好小奇刚刚游完泳上了岸，开着小吊车去村里的面包房买面包。

正当他们打算开车离开的时候，他们听到了一声焦虑的尖叫。

采小摘朝四周看了看，可是一个人也没有看见。

"是从我们的头上传来的。"好小奇说。

采小摘抬起头，看见一只巨大的白色海鸥正在他们的头顶上空盘旋。是查弟！是长着木头腿的查弟。

"哈喽！"他喊道。

"哈喽！"采小摘回答道。

"快点儿来！"查弟嚷嚷道，"救命啊，救命啊！"

"怎么了？发生什么事了？你先下来一下，我听不懂你在说什么。"

查弟落到吊车上，说道："查姐掉到油里啦。"

"查姐是谁？"采小摘问。

"是我的姐姐，它掉到油里了。"

"在哪儿？是什么样的油？"

"在海里。"查弟说，"就在那儿……往远看，在石头砌成的防波堤上，看见了吗？我可怜的姐姐就在那里。它去那里戏水，结果掉进了一块油污里，出不来了。它被一簇海藻、泥沼，以及又脏又黑的油污困住了。快来啊！也许你可以用你的起重机把它救上来！"

"你在前面飞吧，"采小摘说，"给我带路。"

他把小吊车调过头来，带着好小奇在沙滩上飞驰。查弟在前面领路，把他们带到了一个巨大的、石头砌成的防波堤。防波堤一直延伸到海的深处。

"它就在防波堤的尽头。"查弟喊道，"你得一直开到堤坝尽头才行。"

"我来了。"采小摘说。可是，想要从这些巨大的鹅卵石上开过去可不是一桩容易的事。他们不时地要从车上下来，连推带拽地往前行。而查弟则紧张兮兮地在他们的头顶上空飞翔，一边飞还一边嚷嚷："动作快一点啊！"

终于，他们来到了防波堤的尽头。他们低下头看了一眼。还真的是呢！可怜的查姐的确被困在那里了，水面上有一片油污。显然，它被困得动弹不得，丝毫无法挪动身体。它越来越不耐烦地冲着她的弟弟查弟尖叫。

"我到底还有救吗？"它喊道。

"我们正在尽力呢。"采小摘回答道。

他操纵着起重机慢慢地往下落。大钳子轻轻地夹住油污，查姐连带着一大片海藻、破烂和又黏又黑的油污一起被吊了上来。伴随着"砰"的一记响声，所有的东西全都落到了装卸台上。采小摘和好小奇身上也沾满了油污和泥沼，不过这没有关系，反正他们的身上也没有什么。"我想要回到我的窝里去！"查姐尖着嗓子喊道，"现在就去！"

"好吧。"采小摘说，"你的窝在哪儿？"

"就在沙丘那边，在最高的那堆沙丘后面，那里就是我的窝。窝里有五个蛋。"

"等一下，查姐。"它的弟弟查弟说，"你总不能这副模样回到窝里去吧。你得先擦洗干净，我们先带你到房子里去。"

"想都别想。"查姐尖叫起来，"我必须回去照看我的

蛋。这就要去！"

"绝对不行。"查弟说，"走吧，采小摘，开到你们的房子里去。"

"咳，我到底该怎么办呢……"采小摘说，"要是你们只知道争吵的话，我就不知道自己到底该怎么做了。"

这时，好小奇破天荒地加入了他们的谈话。"我觉得查弟说的没错。"她说，"查姐总不能这个样子坐到它的蛋上去，得先让捣蛋爸爸帮它擦洗干净。"

采小摘开着车驶向小屋，而查姐则不断地咒骂、叫喊着。"要是我的蛋变凉了的话，那

全都是你们的错。"它说，"混蛋！"

"那你再下几个新的蛋就好啦。"查弟说。

"说得容易！你们听见它说的了吗？居然能对一位母亲说出这种话来！"查姐说。

"你还不是一位母亲呢。"查弟说，"等小海鸥被孵出来了，你才会成为一位母亲。可是现在还没有小海鸥，所以你还不是一位母亲。"

查弟和它的姐姐为了查姐到底是不是一位母亲的问题激烈地争吵起来。过了不多时，他们就来到了小屋跟前，捣蛋一家全都走出门来。

"你们车上装的是什么？乱七八糟一大堆……"小捣蛋们喊道。

可是捣蛋爸爸却马上明白了，他说："我已经看见了。又是一只掉进油污里的可怜小鸟，快到这儿来，我来把这个可怜的小家伙擦洗干净。"

"我的窝怎么办？"查姐倒吸一口凉气，"我的蛋会变凉的。"

"我们会把你的蛋接到这里来。"捣蛋爸爸说，"那样，你就可以在露台上继续孵蛋了。快到这儿来。"他对年纪最小的小捣蛋说："你这就以最快的速度跑到沙丘去，把这只海鸥的窝和窝里的蛋一同取过来。"

"我去给他带路。"查弟说。它在前面飞，小捣蛋则用尽全身力气跟在它的身后一路小跑。

当查姐听说它的蛋会被接到自己身边来的时候，它的心情平静了一些，也因此顺从了不少。它被塞进一个脸盆里，羽毛被一根一根地擦得光亮。查姐可不是一只逆来顺受的小鸟，擦洗花费了他们非常多的时间。它时不时就会反抗一下，有一回还啄伤了捣蛋爸爸的鼻子。

"我的蛋在哪里？"它喊道，"已经过了太长时间了。我的身上已经变干净了，我还是自己去找它们吧。"

"这可不行。"捣蛋爸爸严厉地说，"你确实已经变干净了，可是你还得在这儿待上几天，恢复一下。"

"我又没生病。"查姐说。

"你的羽毛生病了。所有掉进油污里的小鸟，它们的羽毛都会生病。"可是查姐不停地哭诉。采小摘和好小奇忍不住走到

屋子外面，想要看看小捣蛋是不是已经带着蛋走在回来的路上了。

终于……终于……没错，小家伙上气不接下气地跑了回来。

查弟在他的头顶上空盘旋。

"拿到了吗？"采小摘问，"你没有拿到它们！它们在哪儿？"

"它……它……它们不见了。"小捣蛋喘着大气说，"窝里是空的。"

"被偷走了！"查弟嚷嚷起来，"几个男孩把它们偷走了！"

"什么男孩？"采小摘问。

"我看见他们逃跑了，"查弟说，"他们就是把蛋偷走的人。"

"他们会怎么处理那些蛋？"好小奇问。

"卖给面包师。"

"卖给面包师？就在耙子海岸吗？可是面包师又能拿它们做什么呢？"

"做海绵蛋糕。"查弟沮丧地说，"我们只能进去告诉查姐，它的孩子们变成了海绵蛋糕。"

"不行，不行，"好小奇说，"别告诉它，不行！跟我来，采小摘，我们不是正好要去面包房吗？我们去把查姐的蛋要回来。"

"好的，那就抓紧时间吧。"采小摘说，他和好小奇一同坐上了他的车。

长着木头腿的查弟飞进屋子里。

"它们在哪儿？我的蛋在哪儿？"查姐喊道。

"它们已经在路上了。"查弟说，"它们就快到了，马上就到。"

"直视着我的眼睛。"查姐说，"你说的到底是不是实话？"可是查弟不敢直视查姐的眼睛。"是真的……"它有气无力地回答道。

全家都扑上来拦住查姐，不让它殴打它的弟弟。

查姐的蛋

海鸥查姐的内心十分绝望，因为它的蛋消失不见了。它既愤怒又癫狂，因为捣蛋爸爸把它锁进了大衣柜里。

那些蛋究竟去了哪里？它们被男孩们偷走了，也许他们已经把蛋卖给了面包师，用来做海绵蛋糕……

采小摘带上好小奇，开着吊车驶向村里。他把车开得飞快，简直就像要飞起来了。不过，只是因为他确实很着急，他想要以最快的速度赶到面包房里……说不定他们还能赶得及。幸亏通往村庄的沙丘小道非常僻静，才过了五分钟，他们就到达了目的地。

他们走进面包房看见面包师的妻子正站在柜台后面。

"要一个白面包和两个小麦面包。"采小摘说。

"给。"面包师的妻子说，"还需要什么东西吗？"

"没有了，谢谢。"采小摘说，"不过，呃……是的，还有些东西。您这里有海鸥蛋吗？"

"海鸥蛋？"面包师的妻子问道，"当然没有。有哪家店会卖海鸥蛋呢？想要找海鸥蛋，那就得到沙丘里去，小伙子。"

"是的。"采小摘说，"可是，说不定您家里恰好有呢？我很想向您买几个。"

"我的家里为什么会有海鸥蛋呢？"面包师的妻子问，"你是不是以为我们的面包房里用的是海鸥蛋？用来做海绵蛋糕之类的？你是不是这样想的？"

采小摘刚想说"是的，我就是那样想的"。可是面包师的妻子怒气冲冲地瞪着他，他就不敢再说话了。

"还需要什么东西吗？"面包师的妻子问。

"是的。"好小奇说，"请再给我们十个刚出炉的新鲜面包。"

面包师的妻子通往烘焙坊的门，走了进去。她刚打开门，大烤箱的热气便迎面扑来。

他们看见面包师正在一盆一盆的面团之间忙得团团转，烘焙坊里传来温暖、新鲜的面包香味。很快，面包师的妻子便带着十个面包回来了，重新把门关上。

他们付了钱，走出面包房。

"我看见它们了！"他们走出门口后，好小奇喊了起来。

"什么？是查姐的蛋吗？"

"我看见了一个装满蛋的盘子。"好小奇说，"就在烤箱旁边。你没看见吗？"

"没有。"采小摘说，"那些是海鸥蛋吗？"

"一定是。"好小奇说，"它们比鸡蛋小得多。哦，采小摘……我们该怎么办呢？我们怎么才能把它们拿回来呢？你就不能偷偷地把它们弄回来吗？那里有一道后门，直通烘焙坊。你敢吗？"

"可是面包师正在烤箱旁边呢。"采小摘说，"我总不能在面包师的眼皮子底下偷蛋吧？"

这时，他们听见一阵喧闹声。声音是从村子的街道上传来的。有人在喊："采小摘！好小奇！喂！"

原来是小捣蛋们和他们的爸爸。他们赶到村子里来，想要看有没有能帮上的忙。

"成功了吗？"捣蛋爸爸问。

"没有。"采小摘沮丧地说。

"可是蛋就在那里！"好小奇喊道，"我亲眼看见的，就在烘焙坊里！"

"你确定吗？"捣蛋爸爸问。

"不确定。"好小奇说，"我不能百分百确定，可是差不多可以确定。"

"那我们可得想一个法子才行。"捣蛋爸爸说，"我们一起坐在人行道上想想吧。"

他们想了好一会儿，可是什么主意也想不出来。

"看哪，查弟正在露天音乐台上呢。"采小摘说。

"是啊，它是跟在我们身后飞来的。"捣蛋爸爸说。

"我有办法了！"年纪最大的小捣蛋喊了起来，"我们一起到露天音乐台上去开一场音乐会。到时候，所有的人都会到外面来。面包师和他的妻子也不例外！"

"棒极了！"捣蛋爸爸嚷嚷起来，"到那时候，采小摘和好小奇就可以趁人不注意，偷偷地进烘焙坊里去了！可是……我们只有一个喇叭，怎么开得了音乐会呢？"

"用唱的。"年纪最大的小捣蛋说，"我们把所有会唱的歌都唱一遍。"

捣蛋一家走上了露天音乐台。

拿着喇叭的小捣蛋用力吹起了喇叭，喇叭的声音又响亮又欢快。几个路人停下脚步，好奇地听着。

于是，其他的小捣蛋们便唱了起来。他们唱得非常好听，他们唱了《三个小伙伴》，喇叭为他们伴奏。

这么一来，街道上所有的门都打开了，所有的人都走了出来。屠夫丢下肉铺不管了，杂货商也一样。

当这首歌唱完了以后，小捣蛋们便唱起了另一首歌。唱到第三首的时候，面包师和他的妻子终于出来了。

他们继续唱歌。人们开心极了，星期六上午在露天音乐台举办音乐会……这真是一个惊喜。

采小摘和好小奇小心翼翼地从后面溜进了烘焙坊。没错，一个盘子上放着六个海鸥蛋。哦，不……应该是五个，外加一个漂亮的、橘黄色的蛋。

他们小心翼翼地带着蛋溜了出来，穿过后门，回到了吊车上。好小奇捧着盘子，把它放到膝盖上。

趁着小捣蛋们为观众又唱又跳的工夫，采小摘以最快的速度把车开回了假期小屋。

好小奇把盘子放到地上，然后打开了大衣柜。

查姐高声尖叫，愤怒地从柜子里冲了出来。这时，它看见了蛋！

155

"我的孩子们!"它喊道,"我亲爱的蛋! 它们还活着吗? 它们还热乎着吗?"

"它们一直被放在烤箱旁边。"好小奇说,"所以还热乎着呢。"

查姐爬到盘子上,坐在蛋的上面。不过,它也没忘了用嘴把橘黄色的蛋从盘子里拨弄出去。

"你为什么把那个蛋丢出去?"好小奇愤愤不平地问,"马上把它孵出来!"

"它不是我的蛋。"查姐说,"这是一个海布谷蛋,是一只布谷鸟下的蛋! 是啊,我疯了,才会孵布谷蛋。"

这时,捣蛋一家回来了。当他们看见查姐坐在盘子上的时候,他们欢呼了起来。"万岁! 成功啦! 成功啦!"他们喊道,"而且杂货商还给了我们一袋太妃糖,因为我们唱得太好听啦。"

长着木头腿的查弟跟着他们飞去村庄,又跟着他们飞了回来。它也看着查姐,说道:"我去为你捕一条鱼,查姐。"谁也没有留意到那个橘黄色的蛋。确切地说,是除了好小奇以外的所有人。她拿起蛋,小心翼翼地用一块羊毛毯子把它包裹了起来,然后把它带到厨房里,放在煤气灶上一个温暖的地方。说不定还能孵得出来……

好小奇心里想。我从来没见过海布谷呢，我真的很好奇它是什么样的。

"孩子们，"捣蛋爸爸说，"还有一件事：我觉得我们应当把盘子还给面包师，外加六个普通的鸡蛋。说到底，他总得做海绵蛋糕啊。"

"三个星期之后，他就可以拿回他的盘子了。"查姐嚷嚷道，"现在我得坐在上面，我是绝对不会离开这个盘子的！"

"我们可以给你另外一个盘子。"捣蛋爸爸说，"一个比它更漂亮的盘子。"

"我不要别的盘子！我绝对不会离开它的！"查姐尖叫起来。

"算了吧。"采小摘说，"它还有一些忐忑不安呢。明天我们为她搭一个漂亮的窝，就放在外面的露台上。"

"不行！"查姐喊道，"我不要到外面去。"

"那好吧，查姐，"所有人安慰它说，"你就放心地待在那里，安心地孵蛋吧。你什么也不用做。"

采小摘回家了

　　海鸥查姐在露台上孵蛋。它的蛋被放在一个红色的、巨大的烤肉锅里，上面还铺了一层沙子。它坐在烤肉锅里，满足而又耐心地孵着蛋。它的弟弟——长着木头腿的查弟时不时会顺路过来看看它。

　　"你怎么样？"查弟问，"在这里待得还好吗？"

　　"非常好。"查姐说，"感觉好极了。"

　　"之前你明明是坐在一个盘子上面的。"查弟说，"一个很大的盘子，为什么现在会坐在锅里呢？"

　　"他们必须把盘子还给面包师。"查姐说，"所以就把它从我身子底下抢走了。他们告诉我，即使我不愿意，那也没办法。但是他们让我随意挑选一个想要用来做窝的东西。于是我就选了这个烤肉锅。"

　　"是啊，"捣蛋爸爸来到他们身旁，说道，"我们谁也吃不成烤肉了，不过那没关系。我们已经把盘子还给面包师了，还给了他六个鸡蛋。我们偷偷摸摸地把它们放在了店铺里。"

"采小摘在哪儿？"查弟问，"我给他带来了一个口信。"

"采小摘正在游泳。"捣蛋爸爸说，"跟六个小捣蛋和好小奇一起。不过我好像听见他们回来的声音了。没错，他们回来了。"

这群小家伙饥肠辘辘地回来了，身上被晒得黝黑。

查弟开口说道："你好，采小摘，我今天去过城里了，还在帽子公寓碰到了胖嘟嘟的嘟丽丽，它让我替它问你好。"

"谢谢你。"采小摘说，"它好吗？"

"嗯……"查弟说。

"嗯是什么意思？嘟丽丽过得不好吗？"

"它想问问你是不是就快回去了。"查弟说，"它说它遇到困难了。"

"什么困难？怎么回事？"

"我不知道。"查弟说，"它说：'你不用立刻回家来，不过我还是希望你可以慢慢地回来。'"

"哦，"采小摘说，"嗯，我想我还是立刻回家去吧。"

所有的小捣蛋们和好小奇一同喊了起来："不，不行！你得留在这里！"就连烤肉锅里的查姐也哀求起来："别走！"

可是采小摘拿起了他的行李箱。"我已经在这里待了一个星期。"他说，"我也很想回家去，去看看哑哑怎么样了。"

他坐上他的小吊车，向所有的人道别。正当他打算开车离开的时候，好小奇匆匆忙忙地从房子里跑了出来，手里捧着一条羊毛毯子，里面还装着一个"东西"。"你能非常小心地把它带回去吗？"她问。

"这是什么？"采小摘问。

"这是一只海布谷下的蛋，也许你可以找到一个愿意把它孵出来的人。"

"把它给我吧。"采小摘说，"我会非常小心的。"

"我还有一样东西，"好小奇说，"是给我妈妈的信。你能帮我交给她吗？"

"我可以把它塞到她的信箱里吗？"采小摘问，"你知道的，你妈妈不怎么喜欢我。而且我也有一点怕她。"

"那就塞到她的信箱里吧。"好小奇说。在所有的小捣蛋们和好小奇的挥手尖叫中，采小摘开着车离开了耙子海岸。他自由自在地行驶在绿油油的草地上，他记得回去的路——至少他以为自己记得回去的路。可是，一个小时过后，他来到了一个三条道路交叉的路口。那里有一块指示牌，三条路的路名全都是"耙子海岸"。

"我的天哪。"采小摘叹了一口气，"我该走哪一条路呢？这三条路全都是通往耙子海岸的。看来我走错路了，我该走哪一条路呢……这已经不重要了……无论哪个方向都是错的。"这时，他听见左边传来了一个清晰的声音："嘟——嘟——"

啊！当然啦！因为贝壳在他左边的裤子口袋里——大舌头嘟嘟。

他把贝壳掏了出来，举到耳朵旁边。

起初，他只听见一些轻微的沙沙声。随后，大舌头嘟嘟尖细的声音从里面传了出来："从温系（室）戾（中）间的巧（草）地向（上）圈（穿）过去。"

采小摘望向四周，他的右手边有几个温室。大舌头嘟嘟的意思是"从温室中间的草地上穿过去"。采小摘小心翼翼地从温室中间的草地上驶过。车颠簸得厉害，他只能把速度降到最低。半个小时过后，他来到了一条他认识的小路上。

"谢谢你，大舌头嘟嘟。"他说。剩下的路就不那么难走了，他一路向前，来到了城里。

当他提着行李箱回到尖顶小屋时，他在柜子的一个角落里找到了哑哑。

"你好，"采小摘说，"我回来了。你过得怎么样？"

"你好。"哑哑说，"我过得非常好。不过我还是很高兴你回来了。"

"我听说这里有一些困难。"采小摘说，"是胖嘟嘟的嘟丽丽托人给我捎的口信。"

"困难？"哑哑说，"我一点儿也不知道啊。不管怎么说，反正我没有困难。唯一不妥的就是我的苹果皮有一点发干，变得皱巴巴的。"

"我的口袋里有一个苹果。"采小摘说，"苹果皮归你了。我还得去找嘟丽丽呢。"

可是不管采小摘怎样寻找、怎样呼喊、怎样召唤，嘟丽丽都没有出现。

"我很想问问它认不认识愿意孵蛋的鸟。"采小摘说，"这个蛋得有人孵，嘟丽丽认识周围那么多的小鸟……"

这时，他突然想起了达人太太，她住在帽子公寓的七楼，家里还有一位达人先生。她养了不少小鸟，笼子里关着各种各样的小鸟。

他小心翼翼地把那个漂亮的、橘黄色的蛋捧在手里，敲响了达人太太家的门。

"您家有没有哪只小鸟愿意孵一个陌生的蛋？"他问。

达人太太看了看他手里的蛋。"恐怕没有小鸟会愿意孵的。"她说。

"等一下……"达人先生说，"我有一个办法，我们可以自己孵啊。"

"你愿意在一个蛋上坐三个星期吗？"达人太太问。

"不是……可是我们的床上不是有一条电热毯吗？那里任何时候都是暖暖和和的。如果我们把蛋放在那里的话……我们自己往旁边挪一点就行了。"

"太好了。"采小摘说，"过四个星期我会来看看这个蛋里孵出了什么。谢谢您，再见。"

"等一下……"达人先生说，"你知道这是一个什么蛋吗？"

"这是一只海布谷的蛋。"采小摘说。

"海布谷？"达人先生问，"胡说八道，根本就没有什么海布谷。"

"别人是这么告诉我的。"采小摘说。

"咳，没关系。"达人太太说，"不管怎么样，它都能孵出小鸟来 。我们觉得很稀奇呢。再见，采小摘！"

采小摘出门去寻找嘟丽丽，可是哪里都不见嘟丽丽的踪影。

斑鸠园

　　采小摘从耙子海岸回来了。他回到了自己的家里，回到了尖顶小屋，回到了咂咂身边。最诡异的事情就是胖嘟嘟的嘟丽丽不见了。可明明就是鸽子嘟丽丽捎口信让他回来的呀。

　　"你到处都找遍了吗？"咂咂问。

　　"到处都找遍了。"采小摘说，"屋顶也找过了，外面的街道也找过了，公园也找过了。我还去了嘟丽丽住的那棵栎树。我在树下呼喊、召唤，可是还是没有见到它！"

　　"你到钢笔先生的小店里去找了吗？"

　　"当然了。钢笔先生也不知道它在哪里，他甚至有几分不安，因为通常情况下，它每天

都会从那里经过。"

"说不定它出门去借住了。"咂咂说，"去看亲戚什么的。"

"它根本就没有亲戚。"采小摘说，"不对，等一下……还真是的呢。你提醒我了，斑鸠园！"

采小摘站起身，一把抓起帽子，想要夺门而出。

"咦，你要去哪儿？"咂咂问，"什么是斑鸠园？"

"你明明知道的。"采小摘说，"公园的后面有一大片森林，那是一片没被开发的荒凉地带……"

"不，我不知道。"咂咂说，"我从来不到森林里去。蟑螂从来不住在森林里，蟑螂是住在室内的。"

"好吧，"采小摘说，"我来告诉你吧，那个地方曾经是一个花园，一个长满高大树木的大花园。可是那个花园被废弃了，变得灌木丛生，池塘也变成了一片废塘。那里的树上住着很多斑鸠，大人们从来都不到那里去，可是帽子公寓里的小孩却经常会去那里玩'抓强盗'。我也曾经在那里非常开心地玩耍过。"

"住在那里的就是嘟丽丽的斑鸠亲戚吗？"咂咂问。

"没错，那里住着嘟丽丽的表兄弟姐妹。我这就去看看嘟丽丽是不是去了那里。再见，一会儿见。"

“桌上的信你不打算带走吗？”咂咂问。

“信？哦，对了，那封信是好小奇交给我的！是写给她妈妈的。”

“这么说来你早就应该送去了。”咂咂说。

“是的，”采小摘说，“可是你知道的……我有一点怕净一净太太。我这就把信塞到她的信箱里去。”

然而，正当采小摘在好小奇家的门前寻找信箱的时候，窗开了，净一净太太探着脑袋向外张望。

"你是谁?"她问。

"我是采小摘。我送来了您女儿好小奇的信，是从耙子海岸送来的。"

"谢谢你，交给我吧。"

她伸手接过信。采小摘刚想走，就听见净一净太太说："这么说来，你也去过捣蛋家的假期小屋喽?"

"是的，太太。"采小摘说，"那里很舒适。"

"那就好。"净一净太太说，"信上说，好小奇在那里过得很开心。她还要在那里待几个星期。这倒正合我意，因为我正在做大扫除，我只希望她没有在耙子海岸上变得脏兮兮的。"

"哦，没有，"采小摘说，"在海边待着是不可能变脏的。"

"在海边待着当然会变脏了。"净一净太太说，"那里四处都是脏兮兮的沙子和脏兮兮的海水。对了，你知道吗? 公园要大变样了。"

"公园? 我不知道啊。"采小摘说，"要变成什么样了?"

"斑鸠园要被铲平了。"净一净太太开心地说。

"被铲平?"

"是的，所有的树都会被砍掉。所有的灌木、杂草和植被都会被清理干净。那里会被铺上瓷砖，变成一个瓷砖广场。广场的中间还会有一片修剪整齐的花圃。"

采小摘大吃一惊。斑鸠园就要消失了……那里还有那么多漂亮的大树呢。

"你没有看见公园入口处的那间棚子吗?"净一净太太问。

"我倒是看见了那里有一座木头小房子。"采小摘说。

"那就是公园园长的棚子，他会确保所有肮脏的垃圾全都会被清理干净，整片杂乱的森林都会消失不见。你快去看看吧。谢谢你送来的信。"

采小摘走了，他径直朝着公园跑去。采小摘看见了入口处的棚子，于是，他透过敞开的大门往里瞧。

公园园长正坐在棚子里打电话，他的办公桌上堆满了文件。原来这就是策划砍伐这片美丽森林的地方。

采小摘伤心欲绝地走进公园。高大的栎树后面有一条蜿蜒曲折的小径，它被浓密的青草、杂草和树枝遮掩得几乎看不见了，这就是通往斑鸠园的小道。

采小摘一边费力地穿越灌木丛一边想：我总算知道嘟丽丽为什么要叫我回来了，它一定也听说了这件事。

我想我一定能在这里找到它的。

不一会儿，他来到了斑鸠园里的一片空地上。他的身旁被大树环绕，树发出沙沙的响声。他的周围满是蕨草和苔藓，还有蟋蟀和蜜蜂。小鸟在他上空的枝头唱歌，可是他并没有见到嘟丽丽。

这里是多么宁静、多么美丽啊，而这一切就快消失了。想想看吧……这里会被铺上瓷砖，还有鹅卵石。

采小摘想要在草地上坐一会儿，可是突然，他听见脚边传来一声惶恐的呼喊："喂，小心点！"

采小摘急忙站直身体，朝地上看去。他的跟前站着一只老鼠，这只小林姬鼠瞪着惊恐的小眼珠，胡须不住地颤抖。

"你差一点坐到我家人身上了。"老鼠责怪地喊道。

"对不起。"采小摘说，"我真的没有看见。你的家人在哪儿？"

"在这儿。"老鼠说，"就在那边的树根旁边。"

采小摘弯下腰，看了看，终于在枯萎的叶片和青草之间看见了老鼠一家的窝。窝里有七只光不溜秋的小老鼠和鼠妈妈。

"真可爱。"采小摘说。

"当然了，非常可爱。"鼠爸爸说，"而你差一点就坐到了它们身上！"

　　"以后我一定会更加小心的。"采小摘说。

　　"好吧。"老鼠说，"既然你来了，你就必须告诉我，他们是不是真的要把这片森林铲平。拜托，告诉我这不是真的！"

　　"恐怕这一切确实是真的。"采小摘说。

"那么我们该到哪里去呢?"鼠爸爸问道,"我和我的妻子以及七个光溜溜的孩子该搬去哪里呢?"

"我不知道……"采小摘叹了一口气,"如果真的到了那一步,我倒是很愿意帮你们搬家。"

"搬家?"老鼠喊了起来,"搬去哪儿?"

这时,一个东西拍打着翅膀从天而降,落到了绿油油的草地上。那个东西雪白雪白的,原来是一只鸽子,

是胖嘟嘟的嘟丽丽。

"你听说了吗?"它喊道,"我们必须想一个办法。绝对不能这样下去!"

公园园长

斑鸠园里开大会了。采小摘坐在中间，嘟丽丽、鼠爸爸和三只斑鸠围坐在他的身旁。这几只斑鸠正是嘟丽丽的堂兄弟，除了它们以外，参加大会的还有一只小刺猬和一只异常羞答答的兔子。

"快说说吧。"嘟丽丽说，"他们什么时候动手？这片森林什么时候会被铲平？"

"我真的不知道。"采小摘说，"我只是从净一净太太那里听说他们计划要把斑鸠园铲平。我还知道公园园长有一间木屋办公室，就在公园的入口处。办公室里摆满了各种文件、方案和图纸。所有的计划一定都在那里。"

"哎呀！"羞答答的兔子喊道，"有响动！"

所有的小动物们都吓了一跳，忐忑不安地四下张望。采小摘一蹦三尺高，随后环顾了一下四周。可是周围什么也没有，只有蟋蟀的叫声。

"你听见什么声音了？"嘟丽丽问。

"我想……什么也没有……"羞答答的小兔子说，"我就是太紧张了，我总是以为周围有些响动。"

"我们已经够害怕的了，你可不能再火上浇油了。"鼠爸爸气呼呼地说，"暂时我们还是安全的。你就不能跟公园园长谈谈吗，采小摘？"

"咦，是啊，"小刺猬说，"一定要让他打消铲平斑鸠园的念头。"

"我怎么才能打消他的这个念头呢？"采小摘问，"我不知道该怎么做。"

"你那么高大，那么强壮。"小刺猬说。"是啊，的确如此。"其他小动物异口同声地说，"采小摘又高大又强壮，他一定有办法阻止公园园长的。"

"胡说八道。"采小摘说，"公园园长比我高大得多，也强壮得多。不对，我们必须想一条计策出来才行。可是我一条也想不出来。"

"我们一起想想吧。"一只斑鸠表哥说道。

他们围成一圈，安安静静地坐着。突然，小兔子大
喊一声："救命啊！"同时，一蹦三尺高。

"怎么了？怎么了？"大家都忐忑不安地喊道。它们

又四下张望了一会儿，可还是什么也没看到。

"我以为我看见了一个东西⋯⋯"兔子结结巴巴地说，可实际上什么也没有。

"闭上你的嘴！"采小摘喊道。所有人里面，他被吓得最厉害。他站起身，走到一旁，不停地来回踱步，想让自己的脑筋转得更快一些。

"小心！小心！你快要掉到废塘里去啦！"嘟丽丽大声警告他。采小摘及时止住了脚步，废塘是一片绿色、泥泞的池塘。要是不仔细看，甚至都不会注意到那底下有水。

"我有办法了。"采小摘说，"我这就去找公园园长。我去问问他能不能放过斑鸠园。"

"那就对啦！""就这么做！""万岁！"小动物们七嘴八舌地喊道。

十分钟后，采小摘走进了公园园长的办公室。

公园园长正蘸着墨水，绘制一个巨大的"方案"。那就是关于斑鸠园的"方案"，他精确地描绘出这个地方未来会变成什么模样。当采小摘走进办公室时，他说道："难道你不知道要敲门吗？"

"门开着呢。"采小摘说。

"那也得先敲一敲。"公园园长说，"说吧，你想干什么？"

"我听说斑鸠园要被铲平了。"采小摘说。

"没错。"公园园长一边回答一边搓了搓手，"那里会让人们觉得耳目一新。看看这幅设计图吧，靠近一点，好好看看。"

采小摘靠得更近了。公园园长用食指指着他的设计图。

"看看……"他说，"这里有一个污秽不堪的水塘，我们会用混凝土把它填平，它的周边会被铺上瓷砖。所有的树都会被砍掉，那里会变成一个巨大的瓷砖广场。这儿……"说着，他用大拇指指了指，"这儿会变成一个停车场，也是用瓷砖铺成的。这个地方会有一条鹅卵石小道，还有两张石头长椅，让人们休息。还有这个……你看见那个小圆圈了吗？这里会变成一个用铁栅栏围起来的花圃。"

"太糟糕了！"采小摘喊道。

公园园长张大嘴巴看着他："你说什么？"

"我的意思是……"采小摘结结巴巴地说，"……我的意思是，那些美丽的大树全都要消失不见，这太糟糕了。那里郁郁葱葱的，那么惬意，那么宁静。"

"哦，那里依旧会很宁静。"公园园长说，"我们会挂

上巨大的牌子，上面写着‘请保持安静’。只要愿意，任何人都可以到石头长椅上暂坐、小憩。我们还会有一年一度的庆典活动，那是在复活节的第二天，所有孩子都可以到这里来，在瓷砖上滑冰。这难道还不够棒吗？你觉得怎么样？”

采小摘鼓足勇气，说道：“公园园长先生，其实，我是来请求您放过那片森林的。我的意思是，就让它保持原样。您知道吗？那里住着很多很多小动物呢。”

“小动物？”公园园长问道，“我从来没见过什么小动物啊，它们都是些什么动物？”

“小鸟。”采小摘说，“还有蟋蟀和青蛙。”

公园园长惊讶地看着他：“嗯？那又怎么样？”

“那里还住着老鼠一家。”采小摘说，“有鼠爸爸、鼠妈妈，还有七只刚出生的鼠宝宝。”

听到这儿，公园园长禁不住大笑起来，笑得连木头棚子都震颤起来。“哈，哈！”他咆哮道，“老鼠！难道我要为了它们而撕毁我漂亮的设计图吗？只因为那里住着一群老鼠？哈哈哈！”

采小摘生气了。“这一点儿也不好笑。”他怒气冲冲地说，“那里除了老鼠之外，还有小刺猬和小小刺猬，还有兔子，还有一大群斑鸠，以及其他很多很多动物。您到底有没有见过那里有多美丽？"

"美丽？"公园园长说，"我觉得那里是乱糟糟的一团。不行，我的孩子，我很抱歉，但是我帮不上你。后天，推土机就要来了，还有用来锯倒大树的锯子。对不住那些老鼠了……"一说到"老鼠"这两个字，公园园长又一次大笑起来。

"这么说来……后天就要动工了？"采小摘问。

"是的，孩子。你将会看见那里变得多么美丽。过一会儿，我会到斑鸠园去一趟，去看看我画得到底对不对。你看，我还得再测量一下呢。再见了。"

采小摘闷闷不乐地离开了小木屋。

当他回到斑鸠园时，他发现所有的小动物正在水塘边等待着他的归来。

"怎么样？商量得怎么样？"他们问。

"非常差。"采小摘说，"后天就要动工了。"

"你有没有告诉他这里住着这么多小动物？还有这么多小小动物。"

"我全都说了。可是他只知道笑。"

"真是一个恶毒的人！"

"真是一个可恶的人！"鼠爸爸喊道。

"他一会儿会到这儿来。"采小摘说，"他说要来做一些测量。"

喷雾

公园园长把汽车停在了公园的池塘边。他从车上下来，拐进了一条通往斑鸠园的狭窄小道。他的一只手里拿着一张巨大的纸，另一只手里拿着一根测量竿。他弯下腰，费力地穿过低矮的灌木丛，累得直叹气。很快，他就没法再前进了，因为小道上已是荆棘密布，而这位公园园长的身材还很是肥硕呢。

终于，他来到了斑鸠园里一片空旷的地方，他的身旁就是碧绿的废塘。

周围寂静无声。小鸟停止了歌唱，蟋蟀一声不吭，就连青蛙也合上了嘴巴。表面看来，似乎所有的小动物全都逃走了，可事实并不是这样。它们全都躲起来了。

采小摘和嘟丽丽躲在浓密的灌木丛里。他们的身旁还有嘟丽丽的表兄弟——三只斑鸠，鼠爸爸和羞答答的兔子。兔子时不时就会害怕得一蹦三尺高，所以草丛发出了沙沙的响声。

"你给我安静一点……"嘟丽丽小声地说，"还有你，采小摘，别这么晃来晃去的。"

"我们为什么要保持安静？"采小摘小声地回答它，"为什么都得躲起来？"

"嘘……"嘟丽丽说。

"他只是来看看而已……"采小摘继续说，"他什么也不会做的。"

"嘘……"嘟丽丽说，"注意，就快要出事了。"

"出什么事？"

"你马上就会看到了。"

公园园长止住了脚步，他满意地看了看四周。这里的整片森林都会消失不见，大树会被砍倒，灌木会被移走……所有的树都会被砍掉。这里会变成一片用瓷砖铺成的整洁的广场。他拿起手中巨大的纸，盯着看了一会儿。这是一幅图纸，是他的"方案"，上面画满了各种各样的圈圈点点。鹅卵石小道就铺在这个地方，石头长椅就摆在那个地方……一切都精确无误，不过他还得再测量几样东西。

"什么事也不会出……"采小摘小声地说。

"等着瞧吧……"嘟丽丽说，"等他走进接骨木丛林你就知道了。"

"那里有什么？"

嘟丽丽没有吭声。可是鼠爸爸却接过了它的话茬，"有蜜蜂……"它说，"灌木丛的后面有一个蜂窝，你知道吧？"

"我们跟蜜蜂约定好了要发动进攻……"一只斑鸠说。

这时，公园园长踏入了接骨木丛林。

起初，只有两只蜜蜂一边嗡嗡叫着，一边愤怒地朝他冲去。他急忙挥舞起手中巨大的图纸，可是很快，他的

周围便涌来了上百只胖嘟嘟、棕褐色、嗡嗡直叫的蜜蜂。

　　公园园长站着没动，只是一边用测量竿拍打一边用图纸挥赶，嘴里还轻声地咒骂。这时，他的鼻子被蜇了一下，于是，他大吼一声，拔腿就逃，沿着小道往回赶。他必须一边推开挡在面前的树枝，一边挥赶身后的蜂群。好几百只蜜蜂步步紧逼，满怀敌意地在他的周围

嗡嗡直叫，直到他逃进小汽车的驾驶座上，坐在封闭的窗户后面气喘吁吁。

眼下，斑鸠园不再安静。小鸟们重新欢唱起来，斑鸠们咕咕咕地欢呼，蟋蟀们发出欢快的虫鸣，水塘里的青蛙大声地呱呱叫。

"成功啦！"嘟丽丽一边欢呼一边兴奋地飞来飞去，"他逃走啦！"

"永远都不会回来啦！"鼠爸爸兴高采烈地喊，"他再也不敢回来啦。"

唯一没有欢呼的人就是采小摘。

"你怎么站起来了？你要到哪里去？"嘟丽丽问。

"我去找钢笔先生商量对策。"采小摘说，"我绝对不相信这么做会有用。他不会因为几只蜜蜂就永远也不回来了。你们看着吧，他会带着推土机回来的！"

整个斑鸠园还沉浸在欢庆的喜悦中时，采小摘开着他的小吊车穿过公园，驶向了帽子公寓。

他刚开到半路，就看见一位女士站在路边。原来是净一净太太，她拦住了他的去路。

"你能捎我一段吗？"她问，"我很着急。"

"当然了。"采小摘说，"您请上车吧。"

他把车稳稳地停在帽子公寓门口，净一净太太一边下车一边说："我得立刻去取我的喷雾。公园园长在斑鸠园里被蜜蜂蜇了，我要给这些蜜蜂一点颜色看看！"

采小摘还没来得及回答，她就已经走进了大楼。

"太糟糕了……"采小摘喃喃自语。他把车开得飞快，直奔斑鸠园里的朋友，想要去通知它们。尤其是那里的昆虫，它们正面临巨大的危险！

幸亏净一净太太过了好一会儿才赶到。

她取来了喷雾，又不辞辛苦地钻过灌木丛。终于，她来到了废塘旁的一片空地上。那里又变得寂静无声、一片荒凉。蝴蝶、蟋蟀和甲壳虫……所有能飞的动物……包括黄蜂、蜜蜂和瓢虫……它们全都飞走了。蚂蚁、蠕虫和蜘蛛躲在深深的洞穴里。

周围一只昆虫也看不见。

不对，有一只……废塘的上空，一只巨大的蜜蜂正在空中翩翩起舞。

"混蛋！"净一净太太喊道，"等着吧，我一定会逮住你的！"

她向前冲了三大步，然后"扑通"一声！她掉进了水塘里，她并没有发现面前就是一个大水洼……在浮萍的覆盖下，那里看上去就像一片柔软的草坪。

净一净太太头朝下地掉到水里。肮脏的污水四处飞溅……青蛙们呱呱地叫着躲闪到一旁，她的嘴巴和鼻子里进了水，以至于呼哧呼哧地喘起粗气，不断向外吐水。她好不容易才挣扎着回到岸上。

喷雾被丢在了水塘里。

采小摘、嘟丽丽和别的小动物们全都躲藏在丛林里，他们全都目睹了这一切。采小摘是他们之中唯一一个对可怜的净一净太太心生怜悯的人。

"我要不要跟上去？"他问，"把她送回家。"

"别去。"嘟丽丽说，"她要是见到你，一定会大发雷霆的。"

与此同时，净一净太太已经踏上了回家的路。她一路小跑着穿过公园，全身上下一片墨绿，还不断地往下滴着水。她的帽子上还顶着一串睡莲，整个人看上去就像一只绿油油、湿漉漉的大青蛙。

当她走进帽子公寓的大堂时，她的身后漂亮的大理石地板上留下了一串硕大的绿脚印。守门人拦住了她，他根本没有认出她来，蛮横地冲她喊道："喂喂喂，这算怎么一回事？"

"让我过去！"净一净太太喊道，"我要去坐电梯。"

"我们的电梯可不是为青蛙准备的……"守门人刚要把这句话说出口，便看到净一净太太抹去了脸上的浮萍。他这才认出她来。

"老天爷呀……我很抱歉，太太……发生什么事了？"他大惊失色地喊道。可是她根本没有听见他的问

194

题，径直走向了电梯。

电梯里已经站了三位女士和一位先生，当浑身淌水的净一净太太走进电梯时，他们赶忙挤作一团，缩到电梯的角落里，生怕她会碰到自己。

这伙人一言不发地乘着电梯升到楼上。当净一净太太到达自己的楼层踏出电梯的那一刻，三位女士一同转向电梯里的先生，问道："刚才那位是净一净太太吗？"

"绝对是。"那位先生说。

"这怎么可能呢……"女士们说，"她平时那么干净得体！快看哪……电梯的地板上居然有这么一大摊水。"

嘟丽丽采取行动了

采小摘和胖嘟嘟的嘟丽丽来到钢笔先生的书店里，同他攀谈起来。他们三个看上去全都心事重重的，不过这也不奇怪。

"这么说来，公园里已经停着一辆推土机了？"钢笔先生问。

"是一辆超级推土机。"采小摘说。

"还有一辆装着电锯的小汽车。"嘟丽丽说。

"还有一大堆一大堆的瓷砖……"采小摘郁郁寡欢地说，"和许许多多的鹅卵石。他们全都堆在通往斑鸠园的小道旁边。"

"你知不知道他们打算什么时候开动？"钢笔先生问。

"不知道。"采小摘说。

"有没有工人在那里忙活呢？"

"没有，我们还没有见到任何工人，只见到了那个负责机器的大怪物。"

"我们刚才还在高兴呢……"胖嘟嘟的嘟丽丽嘟囔道,"我们以为公园园长被蜜蜂赶跑之后就永远也不会回来了。整座森林都在热烈庆祝,所有人都以为他们的方案已经被搁置了。可是他们居然还是要开工。"

"我就知道那样做没有用。"采小摘说,"人类比蜜蜂和小鸟强大多了。您能不能想想办法,钢笔先生?"

"我已经思考了好几天了。"钢笔先生说,"昨天我还去跟公园园长交涉过,就在他的办公室里。"

"难道一点用也没有吗?"采小摘说。

"没用。我告诉他毁掉这么美丽的森林实在太可惜了,也告诉他没有了这么美好的大自然会是十分遗憾的……可是他却说瓷砖比杂草美丽多了。"

"难道您没有告诉他那里还住着许许多多小动物吗?"嘟丽丽嚷嚷起来,"那里有子女成群的老鼠一家,而斑鸠会因此失去它们的窝,青蛙会失去荷塘里的家。"

"咳……"采小摘说,"这些话我已经对他说过了。他听了以后只知道哈哈大笑。他觉得关心老鼠宝宝简直就是荒唐至极。"

"他的眼里只有他的完美'方案'。"钢笔先生说,"你知道吗?他只会坐在棚子里的办公室,只知道在巨大的图纸上圈圈点点。那张图纸上画的就是斑鸠园，不过马上就要变成瓷砖广场了。"

"帮我开一下门，我想要出去……"嘟丽丽突然喊了起来。

采小摘帮它打开门。"你要去做什么？"他问。可是它已经飞走了。

钢笔先生双手托着下巴，苦思冥想。"我有办法了！"他喊道……他的眼睛里突然放射出万分喜悦的光芒。

"什么办法？"采小摘问，"什么办法？"

"不，还是不行……"钢笔先生说，"已经来不及了……我们没时间了。"

"您到底想到了什么办法？"

"咳，算了……"钢笔先生诉苦说，"推土机已经在那儿了，何况还有其他那么多东西。他们肯定打算明天一清早动工。"

"您本来想要做什么？"采小摘问。

"我有一个朋友。"钢笔先生说，"那是一个很好的朋友，他一定会愿意帮助我们的。"

"您就不能给他打个电话吗？"

"不能，他没有电话机。"

　　"就不能由我去找他一趟吗?"采小摘问,"反正我有一辆小吊车。"

　　"他住得太远了。"钢笔先生说,"他的家在遥远的黑山之地。"

　　"那我就开车去黑山之地……"采小摘说。

　　"你得开上一整天的车才能到……"钢笔先生郁郁寡欢地说,"然后还需要一整天的时间开回来。应该说是至少一整天，因为你的小吊车快不到哪儿去……来不及了！"

"但我至少可以试一试啊！"采小摘喊了起来，"说不定还能赶得及……"

他把话吞了回去。小书店的门开了，公园园长走了进来。他手中巨大的图纸迎风飘荡，他看上去惊慌极了，可以说是怒不可遏。"立刻给我拿一大张方格纸来！"他咆哮道。

"好的，先生。"钢笔先生彬彬有礼地回答，"您请坐一会儿，我去为您取一些过来，让您过目。"

"实在太过分了！"气呼呼的公园园长嚷嚷道。

"发生什么事了吗？"采小摘问。

"发生什么事了？唉，我这就讲给你听听！你看看这儿！你看看这张我辛苦付出几个月才完成的'计划'。这是新斑鸠园的草图，全都被毁了。"

他把图纸放在柜台上铺平。的确，图纸十分肮脏，简直不堪入目。

"咳……"钢笔先生说，"怎么会这样？"

"都是鸽子干的好事！"公园园长大声叫嚣，"你听说过这样的事吗？我好端端地坐在自己的办公室里，就

201

是公园门口的木棚子里，你知道吧？是啊，我正在那里辛辛苦苦、一笔一画地绘图。我招谁惹谁了？一只鸽子自说自话地飞了进来。难道我有什么做得不妥的地方吗？"

"啧啧啧。"钢笔先生一边说一边愤愤不平地摇了摇头。

"那个东西径直朝我的写字台飞来……"公园园长继续说道，"你猜那家伙做了些什么？它……他……"说到这儿，他戛然而止。

　　"不好意思，"他说，"我差一点骂了很难听的脏话。不过，您或许已经明白我的意思了，钢笔先生。"

　　"我已经明白了。"钢笔先生说，"再说，我也能看出来那家伙到底做了些什么，您是不是只得从头再来一遍了？"

　　"那倒不用。"公园园长说，"事情倒也没有糟糕到那个地步。只不过，这至少要多耗费我两天的时间。我们原本打算明天一清早就动工的。推土机已经就位了，一切都准备就绪了。这么一来，我们得等到两天以后才能动工了。您的纸找到了吗？到底放在哪儿了？"

　　"我感到非常抱歉。"钢笔先生友好地说，"恰好我的方格纸全都卖完了，我这里一张也没有了。"

　　"居然会这样……"公园园长抱怨道，"这样的话，我只能进城去找卖纸的地方，看看那里有没有合适的纸了。"他怒气冲冲、牢骚满腹地走出了商店。

　　钢笔先生和采小摘互相对视了一眼。

　　"嘟丽丽干得真漂亮。"钢笔先生说。

"棒极了。"采小摘说，"推迟了两天！这下我可以去黑山之地找您的那位朋友了。他叫什么名字？具体住在什么地方？"

"你得穿越瓦斯河。"钢笔先生说，"你可以搭乘巨大的渡船过河。过了河之后就一直往东走。"

"那位先生叫什么名字？"

"他算不上什么先生……"钢笔先生说，"他是一位隐肆。"

"真是一个奇怪的称呼。"采小摘说，"我只听说过隐士。'隐藏'的'隐'。"

"他是一位隐肆。"钢笔先生说，"至于他具体住在哪里，我也不知道，因为他非常神秘。"

就在这时，嘟丽丽飞了进来。"我干得怎么样？"它骄傲地喊道。

"非常漂亮。"钢笔先生说，"你是怎么做到的！居然还那么多！"

渡船

这一天，天刚蒙蒙亮，采小摘就出发去了南方，直奔瓦斯河。他要去河的对岸，那里住着隐肆。

旅途很远，采小摘的吊车上放了二十四片面包。面包用小塑料袋装着。除此之外，他的车上还有两盒牛奶和一大袋糖果。钢笔先生为他详细地解释了开车的路线。"不要走大路。"他说，"那里车太多了，你还是走小路比较好，更何况走小路比较近。千万要小心，仔细看路，别开得太快！"

采小摘开得并不算快，不过，他还是竭尽全力地在赶路，因为只有两天的时间，他心里很着急。现在是星期二的早晨，两天后，也就是星期四的早晨，他们就要动工了。到时候，工人们就会开着推土机把斑鸠园彻底摧毁。他们会砍倒所有的大树，赶尽小鸟，杀绝鼠宝宝，整片森林会就此消失。"唯一能够帮助我们的就是隐肆。"钢笔先生说。

这是夏日里爽朗的一天，狭窄的小路上并没有很多车辆。采小摘左侧的裤子口袋里装着一个贝壳，它就是大舌头嘟嘟，它可以给他带来强烈的安全感。万一他迷路的话，大舌头嘟嘟可以为他指路。不过，一直到目前为止，一切都很顺利，采小摘一边开车，一边还吃了四片面包加花生酱。

　　这时，意外的状况出现了。天空中开始起雾了，起初只有草地有的几抹薄雾，不一会儿，雾变得越来越浓。采小摘继续开着车向前驶去，可是他的速度却变得

越来越慢，因为他越来越看不清前面的路了。

他伤心地想：如果一直这样下去的话，我得需要两天才能到达要去的地方。现在已经快到中午了，可我离目的地差得还远着呢。

就在这个时候，他开到了一块路标前。雾太浓了，他不得不走到路标前，才能看清楚上面写的是什么。

路标上写着：渡船 2 公里。

采小摘终于松了一口气，两公里并不算远。我已经快到瓦斯河了，已经离渡船不远了。现在，我只希望渡船还在那儿，等我到的时候它还没有开走。

他壮了壮胆子，以最快的速度向前开去。几分钟后，他透过厚重的浓雾，看见面前有一个庞然大物。那一定就是渡船了。

可是周围没有其他的汽车、自行车和摩托车，甚至连一个打算搭乘渡船过河的乘客都没有。

采小摘从车上下来，朝着渡口走去。这下，他看见了瓦斯河，尽管目光所及的只是河流的一小部分。河边停靠着一艘大船，那就是渡船。

渡船上空空如也，一个人也看不见。确切地说，还是有的……高处有一个工人正在工作。

"你好！"采小摘放开嗓门喊道。

工人低下头看了一眼。

"渡船什么时候出发？"采小摘喊。

工人摇了摇头。"今天不开船！"他朝着下面喊道，"雾太大了！！"

雾太大了，所以渡船不开……当然了……他早就应该想到这一点了。他早就应该想到……雾这么大，渡船怎么可能开呢？

那么现在该怎么办呢？他怎么才能到达河对岸呢？等到雾散去……可是那也许会需要一整天的时间。

采小摘看着涌动的河水，脑子里闪过一个念头：他可以游到对岸去。他游泳可厉害了……但是，不行，这简直太荒谬了，这么宽的河，是不可能游得过去的，肯定会被河流冲走的。

这时，采小摘听见身体左边传来一个声音："嘟——

嘟——"

是大舌头嘟嘟！

他从裤子口袋里掏出贝壳，把它举到耳朵旁边。

"向左卷（转）。"贝壳说，"从两栋房几（子）炅（中）间圈（穿）过去。"

"就是那边的那两栋房子吗？"

"系（是）的。"

采小摘坐上车，从两栋房子的中间穿过。那条小路坑坑洼洼的，他有一种感觉，似乎自己离河越来越远了。

"你指得到底对不对，大舌头嘟嘟？"他问，"我离大河已经越来越远了。"

"我穷（从）来都不会几（指）错。"贝壳说。

蜿蜒曲折的小道似乎没有一个尽头。可是突然，他看见了芦苇，芦苇丛很高。原来这条小路通回了河边。

"停下。"大舌头嘟嘟说，"介（这）里系（是）一个渡口。"

"系（是）什么？哦，是一个渡口。"

采小摘走下车，踏入高高的芦苇丛中，想要看看附近有没有船。可是四处都不见船的踪影。

"这里什么东西都没有。"他一边说一边把贝壳举到耳朵旁边。这里没有渡船，没有渡船夫，没有小舟，没有渡口。

"介（这）里一定有权（船）的。"贝壳说。

采小摘决定沿着河堤向前步行一段。

雾越来越厚，以至于采小摘只看得见面前两三米的距离。突然，他发现自己在不经意间来到了一艘巨大的船屋跟前。他的面前有一座通向大门的小木桥。采小摘来到门口，敲了敲门。一位太太把门打开，问他想要做什么。"这附近一定有一艘渡船。"采小摘说，"一定有渡河工具，我得到河对岸去。"

"小伙子，你应该去搭乘大渡船。"太太说。

"它不开。"采小摘说，"因为浓雾的缘故。可是我听说这里还有一艘渡船，是一艘小型的渡船。也许是一艘渡船夫划动的划艇。"

"没有。"太太说，"没有那样的东西。也许很久以前曾经有过……可是现在已经没有了。"说完，她关上了门。

采小摘伤心地回到小吊车上。他坐在方向盘后面，思索起来。现在该怎么办呢？这里根本没有渡船。突然，他恨极了大舌头嘟嘟，都怪它指错了路，是它毁了采小摘的希望。

他从口袋里掏出贝壳，责备道："你说错了。这里根本就没有渡船！"

贝壳发出一阵沙沙的响声，然后轻声地回答："对不起。"

采小摘把它塞回裤子口袋里。贝壳给他指了一条错误的路，过后却只能跟他说一句"对不起"。他又能拿它怎么办呢？"我只能等雾散了。"采小摘说，"没有其他办法了。"

他拿出一袋面包，抹上肉酱，啃了起来。

老渔民

采小摘和他的小吊车停靠在河边的一条狭窄的小道上，笼罩在浓雾之中。时间已经接近傍晚时分，可是雾一点儿也没有要散去的迹象。

"我这就开车回到大渡船那里去。"采小摘自言自语，"我就在那儿等着，一直等到它开船为止。"

他费了不小的力气，才把小吊车调过头来。他刚打算开车离开，这时，他听见河边的芦苇丛中传来了一阵"沙沙"的响声。

难道有小船？

采小摘从车上下来，拨开岸边高高的芦苇。

浓雾中一个男人正坐在河边钓鱼。他是一个很老的男人。

"请问您，这里有渡船吗？"采小摘问。

"渡船？"

"是啊，就是在河的两边开来开去的船。"采小摘说，"一艘小艇，或者一种渡河工具。我必须到河对岸去。"

"那边有一艘大渡船。"老渔民说。

"是啊，我知道。可是雾太浓了，那艘船不开。他们告诉我，这里还有一位渡船夫。"

"这话是谁说的？"老渔民问。

采小摘没有吭声，他有一些手足无措。他很想说："是我的大舌头嘟嘟告诉我的。"可是有谁会相信他有一个时不时能为他指路的贝壳呢？

于是，他耸了耸肩，说道："嗯，对啊……就是……我从别人那里听说的。看来一定是他们弄错了，谢谢您。"

他打算回到车上去，可是老渔民却示意他走近一些。当采小摘来到他身旁时，他小声地说："有一艘船经常在河上开来开去。"

"就在这儿吗？"

"在那儿。"渔民伸手指了一下。采小摘这才看见，在离他几米远的地方有一个小小的停靠点。事实上，那只不过是一个由几块古老的碎木片搭成的木板桥。

"可是我没有看见船啊。"采小摘说，"会有船到这儿来吗？"

渔民盯着他，露出几分忐忑不安的神情。

"我不建议你坐那条船。"他说。

他把声音压得很低，好像生怕被人听见似的。可是大河旁的浓雾中，他们明明就是方圆内唯一的人。

"为什么？难道那艘船会漏水吗？"采小摘问。

"它不会漏水。"渔民说。

"那么，我能把我的小吊车开上船吗？到了河对岸，我还得开着它走很远的路呢。"

"你的车子一定可以上去。"渔民说，"肯定没有问题。但是，我要是你的话，就一定不会那么做。"

"那是为什么呢？"采小摘有些不耐烦了。他的心里很着急。这一刻，他最想做的事就是过河，而这位老人告诉他这并不是完全没有可能的。

"我能不能去把渡船夫叫过来？"他问。

"能。"老人说，"当然能，你可以那样做。"

"怎么叫？是冲着河对岸喊吗？"采小摘问，"大声地喊？"

"不是。"渔民说，"不是……我曾听人说过，你得吹口哨。用嘴对着手指，连吹三声。你会吗？"

"当然会。"采小摘说。他刚把手指伸到嘴边，老渔民就大惊失色地喊叫起来："等一会儿……别吹……等会儿再吹。"

他站起身，收起钓竿，把所有的物品都收揽到一起。

"你得等一下，等我走了再吹。"他紧张兮兮地说，"答应我，多等五分钟，等我走远了你再吹。"他把所有的钓鱼工具全都塞进一个水桶里，然后匆匆忙忙地踩着木鞋，穿过芦苇丛逃跑了。

"可是您总得告诉我发生什么事了吧？"采小摘说，"您不能就这么走了，都连究竟有什么危险都不告诉我。您说过，这艘船是不会漏水的，是不是因为渡船夫有一点吓人？"

"你保证会等我走远了才吹口哨的，对不对？"老人用颤抖的嗓音问道。

"是的，我保证。可是我很想知道您究竟为什么这么害怕。"

"我只是信不过……"老人说,"哦,不,我还是别多管闲事比较好。"

"为什么?难道渡船夫信不过吗?您是不是曾经见过他?"

"我从来没有见过他。"渔民说,"可是我从我父亲那里听说了有关他的一切,我父亲曾经看见过他。"

"然后呢?"采小摘问。他的好奇心被调动了起来,同时,他的心里也蒙上了一层焦虑的阴影。

渔民朝四周张望了一下,确认没有其他人。这时,他才说道:"那个渡船夫不是一个男人。"

"哦,是吗?那他是什么呢?难道是一个女人?"

"不是。"渔民说。他示意采小摘再靠近一些,等他们的身体紧挨着时,他才压低声音说道:"他是一个'人狼'。"

"什么是人狼?"采小摘问。

这下儿轮到渔民犹豫了。显然,他也不知道人狼到底是个什么样的东西。

"是不是一种狼?"采小摘问。

"我从来没有见过他。"老人说,"可是我知道他很危险。哦,是非常危险。"

"他会吃人吗？"采小摘问，"附近有没有人曾经被他吃掉？"

老人思索了很久。好一会儿，他才摇了摇头。"没有。"他说，"这我倒从来没有听说过。"

"哦。"采小摘说。

"不过，那也是因为没有人上过他的船的缘故。"老人说，"所有人都躲他远远的，这一点我已经警告过你了。"

说完这些话，老渔民真的走了，只留下采小摘独自一人。采小摘遵守了他的承诺，等了五分钟。现在，只要他把手指伸到嘴边吹三声口哨，渡船夫就会出现了。只不过，这位渡船夫是一位"人狼"。采小摘觉得自己的心都快要跳出来了。他踏上木制的停靠点，这时，他看见一根柱子，柱子上挂着一块小小的木头牌子。牌子上写着一些字，常年的风吹日晒使得这些字早已变得模糊不清。

采小摘弯下腰，辨认起来：

往返人狼

吹三声口哨

我有这么大的胆量吗？他竖起两根手指，伸到嘴唇边，可是没有吹出声。这时，他想起来大舌头嘟嘟。这

条路不就是贝壳为他指明的吗？它一点儿也没有指错，
这里的确有一个渡河工具。只不过，这个工具有些不同
寻常而已。

　　"人狼"到底是什么模样的？

　　可是……采小摘的心里想，往返人狼和"人狼"似
乎并不是一回事啊。他决定向贝壳请教。

　　"我必须这么做吗，大舌头嘟嘟？"他一边问一边用
耳朵贴着贝壳。大舌头嘟嘟没有回答，贝壳里一点声音

也没有，甚至连"沙沙"声也没有。眼下，它只是一个空空荡荡、普普通通的贝壳。

我想，大舌头嘟嘟一定是生我的气了……采小摘心里想。这都怪我不好……

往返人狼

 采小摘从来没有如此孤独。浓雾中，他呆呆地站在河边的木板桥上。周围一个人也没有，就连大舌头嘟嘟也没有发出声响，甚至连"沙沙"声也消失了。

 "我得好好考虑一下。"采小摘自言自语。

 "只要吹响三声口哨，就会开来一艘渡船，把我送到河对岸。可是渡船夫却是一条狼……应该说，是一个'人狼'。我还是不吹口哨得好。傻子才会在这里吹口哨呢。我还是回去吧，我可以开上车，沿着河边回到大渡船那里，然后一直等，等到雾散为止。不用说，我可能会等上很久……说不定会是好几天。到时候就来不及了……到时候就用不着过河了……我必须马上过河！必须在今天过河！可是我不敢吹口哨。哦，如果现在能有一个人为我打气，那该多好啊。我一点儿勇气也没有……也许我的勇气被狗吃了……"

 采小摘低头看了看，周围并没有狗。

"好了，"他对自己说，"现在必须做出选择了。要么离开，要么吹口哨，把狼叫来。其实，狼真的有那么可怕吗？一直以来，所有的小动物都对我十分友善。如果真是那么恐怖的话……那我就跑到我的小吊车上，开上

车逃跑。"

采小摘把手指伸到嘴边，吹响了一声口哨。口哨声打破了周围的宁静。接着，他又吹了一声，然后又是一声……他一共吹了三声。

"好了，现在就安安静静地等着，不要害怕。"

他等了好一会儿，周围一点动静也没有。采小摘站在木板桥上，双腿不住地颤抖，心怦怦直跳。雾很浓，透过浓雾，他只能看见靠近岸边的一小片白茫茫的水域。这时，他听见了一阵划桨声。

他勇敢地站了起来，看见眼前出现了一个东西。那东西离他很近……原来是一艘船，一艘宽敞的大船。船上有一个朦胧的身影，似乎是一个正忙着收桨的人。那就是渡船夫。

它是一只狼，它戴着一顶大檐帽，穿着一件雨衣。采小摘看见了它的血盆大口，他差一点就要转过身夺路而逃，冲向他的小吊车。可就在这时，狼开口说话了，而它的声音听起来一点儿也不恐怖，它的声音有一些沙哑，有一些低沉，但是听上去很温和，甚至有一些羞涩。"一定不是故意的吧？"狼问，"我猜，你一定是不小心吹的口哨，是不是？"

"不是。"采小摘说，他指了指木板桥旁的指示牌，"这上面写着吹三声口哨，所以我就吹了三声。我想到河对岸去。"

"这不是真的。"狼一边说一边摇了摇毛茸茸的脑袋，"你撒谎。"

采小摘的心里有了几分不悦。"我没有撒谎，"他说，"我很着急，我必须到河对岸去。我的小吊车也能一起过去吧？"

"小吊车，"狼不可置信地说，"这不是真的……我不相信。"

"是真的。"采小摘说，"我这就把车开过来。求求你，先别走。"

采小摘坐进他的小吊车。渡船平坦的边缘紧挨着木板桥。采小摘小心翼翼地把车开到船上。

"好了。"他说，"可以出发了。"

狼想要说些什么，可到底没有说出话来。它哭了，晶莹的泪珠就像断了线的珍珠一般，滑过它毛茸茸的脸颊。

"怎么了？"采小摘问，"你为什么哭？"

"因为……呜呜呜……嘤嘤嘤……"狼抽泣道，

"……已经十年了……"

"什么？你到底在说什么？"

"十年都没有发生过了！"

"十年都没有发生过什么了？"

狼擦去脸上的泪珠，深深地吸了一口气。

"已经十年都没有人上过我的渡船了。"它说，"我等了整整十年。然而，我依旧是一个渡船夫。我偶尔会把一些小动物送到河对岸去。我曾经送过一家老鼠，最近一次送的是一匹找不着妈妈的小马驹。时不时也会有几只野兔需要我的帮助，可是没有任何人类上过我的渡船。所以我才会高兴得哭起来。"

"我们赶紧开船吧。"采小摘说，"我已经告诉你了，我很着急。"

"哦，是的，当然了！"狼说，"我这就开船。想想看吧……我的渡船上来了一个真正的人类，而且还是一个会开车的人类。开的还是吊车！简直难以置信。"

狼不停地上窜下跳，以至于渡船剧烈地摇晃起来。"万岁！"它喊道，"太棒啦！真该好好庆祝一番！"

"停下……"采小摘说，"还是好好划船吧。"

"是的，是的，放心吧。我好好开。"狼说。

它朝着爪心吐了一口唾沫，然后卖力地划动船桨。

"你要去哪儿？"它问，"只要你开口，我可以一直把你送到大海上。"

"不用，我不要到大海上去。我只想到河对岸去。"

"只到河对岸就够了？你肯定马上就要回到河的这一边来的吧？"

"不是。"采小摘耐心地说，"不是马上回来，是明天再回来。"

"听我说……"狼说，"我们在河上打十个来回吧。这可有意思了，对吧？"

狼划着船桨，穿越浓雾。

"十年了！"它又喊了起来，"你是十年以来的第一个人！"

"我觉得，这都是那块指示牌惹的祸。"采小摘说，"牌子上写着：往返人狼。于是，人们就以为你是一个'人狼'。要知道，人狼比普通的狼可怕多了。"

"哦，是吗？"狼说，"是这样的吗？我还以为是甘蓝菜和山羊的缘故呢。"

"什么？这跟甘蓝菜和山羊有什么关系？"

"有一回，我吃了一棵甘蓝菜。"狼说。

"甘蓝菜？狼是不吃甘蓝菜的呀。"

"是啊，原本是这样的。可是那棵甘蓝菜在一只山羊的肚子里，它被山羊包裹着。"

"啊哈，你的意思是说你吃了一头山羊？"

狼点点头。"那已经是很久很久以前的事了……"它一边小声地回答，一边羞愧地望着采小摘的眼睛。

"我们别再谈这件事了……"采小摘说，"说起来，我也曾经吃过一只鸡。当然了，是烤熟的鸡。"

"我们到了。"狼说，它把船停靠在岸边。他们已经来到了河的对岸。

"我们可以再来回渡几次河吗？"狼满怀期待地问。

"我明天就回来。"采小摘说，"我向你保证。不过，现在我得继续赶路了。你知不知道我怎么才能找到隐肆呢？"

狼摇了摇头。"这里只有一条路。"他说，"它是通向黑山之地的。"

"我就是要去那儿。"采小摘喊道，"他就住在黑山之地。"

他开着小吊车，离开渡船，然后问道："我该付给你多少钱？"

"不用。"狼说，"一分钱也不用付。我非常感谢你跟我一起渡河。我太感谢你了！我会留在这里等你，明天见！"

"明天见。"采小摘说。

说完，他便开车走了。

剩下的时间不多了

采小摘好不容易才来到河的对岸。雾散了，可是……已经到了夜晚。

他驾驶着小吊车，开了大约半个小时，外面已经黑得伸手不见五指了……

"我必须找到黑山之地。"采小摘大声地给自己打气，"可是我应该往哪儿走呢？我已经不知道自己究竟在什么地方了。"

他开着车，行驶在一条小路上。这条路十分僻静，路的两旁栽种着大树。车前的照明灯发出微弱的光芒，使得他无法看清前方究竟有没有房屋和农庄，只看得见路肩和大树。他沿着路，一直向前开，直至来到一个分岔路口。

这里没有指路牌……连一块都没有……采小摘心里想。我应该向右走还是向左走呢？他把车子停在一旁，掏出了口袋里的贝壳。

"我应该向右走还是向左走？"他我呢。

大舌头嘟嘟没有回答。它变成了一个空空荡荡、死气沉沉的贝壳，甚至连沙沙的响声都消失不见了。它是不是还在生气？这一天的早些时候，采小摘对大舌头嘟嘟发了脾气。他不相信它指对了路，或许对待一个大舌头嘟嘟的方式是要小心谨慎，并且给予它充分的信任，要不然它就会生气，从此再也不给你指路了。我还是直接问问它吧，采小摘想。

他把贝壳举到嘴巴旁边，小声地说道："你是不是生气了，大舌头嘟嘟？你能不能再帮我指一回路？我之前对你说话时态度不好，我感到非常抱歉。我不应该不信任你。"

贝壳里没有发出任何声响。采小摘叹了一口气，可是他并没有放弃。他继续说："现在已经是星期二的晚上了，亲爱的大舌头嘟嘟。星期四，也就是后天，推土机就要开进斑鸠园里动工了！他们会毁掉那里的一切，毁掉整座斑鸠园，连带着里面的一切，所有的动物和植物一个也逃不掉。我们必须得找到人帮忙。而唯一能够帮到我们的就是隐肆。他就住在这附近，就在黑山之地。可是黑山之地到底在哪儿呢？说句话吧，大舌头嘟

嘟……求你了!"没有任何回应,采小摘把贝壳塞回到口袋里。他拿出随身携带的小毯子,把它裹在身上。我要睡觉了,他伤心地想。他实在提不起精神趁着黑夜去寻找隐肆。

他咬下最后一片面包,面包上涂着果酱。风从他的头顶上空吹过,吹得大树沙沙响。树枝发出沙沙的响声,似乎在对他说:"你快要来不及了,采小摘……来不及了,采小摘……来不及了……"

伴随着这些沙沙的响声,采小摘睡着了。他累坏了,甚至连面包都还没吃完。

帽子公寓也迎来了深夜,所有人都睡着了,整座公园也进入了梦乡。斑鸠园里,所有的动物都沉沉地睡去,只有一只老猫头鹰还警醒地站在一根树枝上,时不时发出"呕呕"的叫声。唯一无法入眠的人就是书店的主人钢笔先生。他穿着新睡衣,躺在床上。他的房间就在商店的后面。今晚,他怎么都睡不着,因为他的心里很为采小摘担心。

我不应该让这个孩子独自一人去的,他的心里想。不管怎么说,他只是一个小男孩,开的也只是一辆小吊车。这一整天外面都弥漫着大雾。万一他掉到水里去了可怎么办？万一掉到瓦斯河里去了呢？万一他迷路了该怎么办？

钢笔先生越想越觉得害怕。清晨的第一缕曙光刚一露面，他就立刻起床，披着漂亮的睡衣，来到门外的人行道上。

时间还很早，街上一个人也没有，幸好，不一会儿，嘟丽丽便飞了过来。

"猜猜我看见了什么！"它连早安都来不及说，就大声地喊道。一眼就能看出，它兴奋极了。

"说说吧。"钢笔先生说。

"是一亿块瓷砖！"嘟丽丽喊道，"昨天晚上来了几辆大卡车，卡车上装满了瓷砖。这些瓷砖全都堆在公园里，就在通往斑鸠园的小岛旁边！"

"你该不会以为他们今天

就要开工吧？"钢笔先生着急地问。

"我不知道。"嘟丽丽说。

"你快去仔细盯着。"钢笔先生说，"万一他们一会儿就开工的话，你就立刻来通知我！真到了那时候，我们只能赶去救一些小动物，能救多少是多少。哦，哦，我要是没让采小摘出门就好了。他可以开着小吊车赶去帮忙。说不定他在大雾中迷了路……又或者掉进了水里……我很担心他根本找不到隐肆。"

"要不我去找采小摘吧。"嘟丽丽自告奋勇，"必要的时候，我还是能够飞得快的。而且我也认识去往瓦斯河的路。"

钢笔先生犹豫了一下，然后说道："你有这个想法很好。可是我们也很需要你，嘟丽丽。你今天必须好好盯着斑鸠园，以防他们提前动工。"

"好吧。"嘟丽丽说。事实上，它倒是松了一口气，因为通往瓦斯河的路它并不是很熟。这时，他们的头顶上方传来了一阵刺耳的叫声。"哈喽！哈喽！"

"是查弟！"钢笔先生高兴地说。

没错，飞来的正是长着木头腿的查弟。

"你今天能不能去寻找采小摘？"钢笔先生冲着它

喊，"他去了瓦斯河对岸，去了黑山之地！他去找隐肆了！"

"交给我了！"查弟喊道，"我这就去！拜拜！"

"等一下，别这么着急。"钢笔先生喊道，"你到底明不明白我的意思？"

"哟哦！"查弟喊。

"那就重复一遍！"

"我必须到瓦斯河对岸去。"查弟喊道。

"对了，然后呢？"

"我得找到一个黑山肆！"查弟说。

"不对！"钢笔先生急得直跺脚，说道，"到这儿来，安安静静坐一会儿。你这样飞来飞去，我们是没法把话说清楚的。"

于是，查弟落到了一根立柱上，而钢笔先生则一字一句地向它解释了眼下的情况。他仔细地向查弟说明了它究竟该如何寻找。

"我也不知道黑山之地具体在什么地方。"他说，"也不知道隐肆究竟住在哪儿，可是，我想你一定能够找到采小摘的小吊车的。谁让你是火眼金睛呢，查弟？你要尽你所能地帮助他。告诉他，他今晚之前必须回来。因为无论情形如何，明天一清早，工人们就会开着推土机动工了。你得抓紧时间，查弟……飞得快一点，查弟，记住你得……"

"好了，到底还让不让我走了？"查弟不耐烦地喊了起来，"要是您唠唠叨叨地说上一整天，那我就肯定来不及了。"

"去吧，去吧。"钢笔先生说。

于是，查弟出发了。它用力地拍打翅膀，才拍了三下，就从钢笔先生的视线中消失了。

它朝着南方飞去，朝着瓦斯河飞去。

黑山森林

　　采小摘醒来的时候，阳光正照射在他的小毯子上。他惊讶地环顾四周，一时间想不起来自己是在什么地方。他一整晚都睡在户外吗？就睡在他的吊车里了？好一会儿，他才想了起来。

　　车子的照明灯依然亮着，他急急忙忙地把它关掉。昨天晚上，因为实在不知道该往哪儿走，他便睡了过去。现在，他不得不加快速度使劲赶路，因为今天已经是星期三了。他只有这一天的时间用来寻找隐肆了。明天，推土机就会把斑鸠园铲平。哦，对了，他必须决定现在要向左走还是向右走。他选择了自己的幸运方向，拐进了左边的小道。这时，他突然听见口袋里传来清晰的声音："嘟——嘟……"大舌头嘟嘟有话要说！他停下车，把贝壳从口袋里掏出来，说道："你好！"一个细小的声音飘到他的耳朵里，"介（这）条路系（是）错的。"

　　"我应该向右转吗？"采小摘问，"那条是通往黑山之地的路吗?"

"黑山之地在右边。"大舌头嘟嘟说。

"谢谢! 对了，你昨天晚上为什么一言不发呢? 你是不是生气了?"

大舌头嘟嘟没有回答。过了好一会儿，贝壳里才传来声音："偶（我）可能系（是）睡嚼（着）了。"

"哦。"采小摘说。他把大舌头嘟嘟放在身边，紧挨着自己，然后开车上路了。这是一片荒芜的地带，周围除了田野什么都没有，甚至连一棵树也没有，偶尔才能看见远方的农场。

昨天晚上，他咬下了最后一片面包，可是只吃了一半。这会儿，他啃起了余下的那半片。他很饿，而面前的道路似乎无穷无尽。终于，来到一座小山丘的脚下时，路的左侧出现了几棵大树。

"嘟——嘟……"大舌头嘟嘟说，"停下!"

"这就是黑山之地吗?"采小摘问。

"系（是）的。介（这）里系（是）黑山心（森）林，介（这）些就系（是）黑山大序（树）。"

"隐肆就住在这里吗?"

"就系（是）结（这）里。"贝壳说。

采小摘走下车，他绕着三棵大树转了一圈。大舌头嘟嘟告诉他，这些就是黑山大树。它们高大、粗壮，树冠上枝繁叶茂。他站在小山丘上，环顾四周，周围一栋房子也没有。

"这里没有房屋。"他对贝壳说。

"介（这）里有房儿（子）。"

"在哪儿？"

"就在你脚下。"

采小摘低下头瞧了瞧。他只看见脚下的土壤、青草和灌木，根本就没有任何房屋。

他差一点就生起气来，他险些脱口而出："你自己看看，白七（痴)！"

幸亏他的话还没有冲出口。大舌头嘟嘟可不是轻易惹得起的。

采小摘叹了一口气，又仔细地朝灌木中间望去。这时，他突然发现了一根电视天线，它就立在小山丘的顶端。

原来房子就在小山丘的里面……采小摘心里想。他走下山丘，寻找入口。他围着小山丘绕了一圈，却什么也没有找到。这时，他朝着一簇低垂的灌木下面张望。灌木的后面有一扇门，那是一扇真正的门。原来小山丘

本身就是一栋房子。他敲了敲门，可是没有人应声。他推了推门，又试着扳了扳门把手，门被锁住了。这时，他才看见门口贴着一张字条。字条上用偌大的字体写着："度假中 11 月 13 日回来"。

采小摘再也承受不住了。他一屁股坐到地上，挨着两个空空的牛奶瓶呜咽起来。所有的力气都白费了，遥远而又艰难的旅程付诸东流了！

所有的力气都白费了，他感到自己无比孤独。况且，

他也饿了。他把大舌头嘟嘟捧在手心里，说道："喂，大舌头嘟嘟，他不在家。"

大舌头嘟嘟轻微地发出沙沙的响声，但是没有回答。

采小摘很快便止住了哭声。他倒抽三口气，只留下了一滴眼泪。他站起身，走回到车子旁边。他必须尽快赶回家去，赶回帽子公寓。他们很需要他，他的小吊车可以帮助斑鸠园里的许多小动物转移到安全的地方。

他开上车，走了还不到二十米，忽然听见头顶传来声响："哈喽！"居然是长着木头腿的查弟！采小摘欣喜若狂，立即把车停到一旁。终于有一个人可以说说话了。

查弟飞到他的身旁坐下，然后说道："想要找到你可真不容易啊！我已经沿着河飞了好几个小时，可是一直都没有发现你的踪迹。后来，我飞到高处，再降落下来……好不容易才在绿野之中发现了一点红色。我看见的小红点就是你的小吊车。快说说，你见到隐肆了吗？你有没有找到他？"

"找到了，可是他不在家。"采小摘说，"他出去度假了，11月才回来。"

"老天爷呀，太可惜了。"海鸥说。

"他就住在那座小山丘里。"采小摘说，"可是即使知

道了又有什么用呢？我要
回家了。家里的情况怎么
样？他们还没动手铲平斑
鸠园吧？"

"没有。"查弟说，"暂
时还没什么动静，是钢笔
先生让我来找你的。他很
担心。我这就往回飞。我
会告诉他，你已经在回家
的路上了。再见。"

"再见。"采小摘说。

查弟飞走了，可是不
一会儿，他又飞了回来。

"喂！"他喊道。"隐肆
是不是把他的孩子留在家
里了？我刚才从那些树的
上空飞过。"查弟说，"我
看到了很多肥皂泡。"

"肥皂泡？"

"是的。五彩斑斓的肥

皂泡，漂亮极了，就在中间的那棵大树上。"

采小摘掉转车头，开回小山丘。"飞到那棵大树上去，查弟。"他说，"放开嗓门大叫，声音越大越好。我到树底下去叫。"

"好嘞！"查弟喊道。它来到中间的大树顶端，一边拍打翅膀，一边发出刺耳的叫声。而采小摘则站在树下大声地喊："你好，屋里有人吗？隐肆在家吗？"

可是查弟却飞了下来。"别喊了。"它说，"他不在家。"

"你怎么知道？"采小摘问。

"大树里面伸出了一只手。"查弟说，"手里举着一块牌子。牌子上写着：我不在家。"

"那块牌子是谁举起来的？"采小摘问。

"我怎么知道？"查弟说，"反正是一个长着手的人。"

"是谁的手？"

"不知道。"查弟说。

就在这个时候，树上掉下来一个东西。那东西不偏不倚地落在采小摘的身旁，原来是一只拖鞋。

不一会儿，树上又掉下来一个东西，发出巨大的声响。这一次是一个装着肥皂水的脸盆，肥皂水四处飞溅，脸盆掉在地上，摔了个底朝天。

"您好，隐肆！"采小摘喊道，"我已经看见您了！出来吧！"

这时，有一个人缓缓地、慢吞吞地从树上落了下来。他大头朝下，先露出一个脑袋，样子像极了小猫从树上

往下爬的模样。他的脑袋上留着胡须。过了一会儿，隐肆的身体也露了出来。

他露出伤心欲绝的表情，喃喃地说道："又要重新准备肥皂水了。"

"隐肆先生，"采小摘说，"是您的朋友钢笔先生让我来找你的。我可以进去吗？到您家里坐一会儿。"

隐肆迟疑了一下。

"你是钢笔先生派来的？"他说，"那就进来吧。"

一个怪人

采小摘来到了隐肆的家。这栋房子盖在一座小山丘的里面，房子里只有一间圆形的房间和一个小得不能再小的厨房。除此之外，连一扇窗户都没有。

采小摘坐在屋里唯一的凳子上，他的面前摆着一大盘燕麦片。他狼吞虎咽地吃了起来，因为他饿极了。

隐肆躺在床上。"原来如此啊，"他说，"这么说来，是钢笔先生派你来的。"

"是的。"采小摘说，他满嘴都是燕麦片。在这之前，他已经把事情的来龙去脉讲了一遍。他讲到了斑鸠园快要被铲平了；讲到了那里的小动物们多么焦急，多么绝望；讲到了老鼠一家刚出生的光溜溜的鼠宝宝；讲到了它们有多么可怜；他还讲到了这件事是如何十万火急。

隐肆一边听，一边点头。他是一个和善的人，可有的时候，他似乎心不在焉的。或许他在思考别的事情。

"钢笔先生告诉我，您可以帮助我们。"采小摘说。

燕麦粥喝完了。他用手擦了擦嘴巴，然后又把手在裤子上蹭了蹭。

"我得先考虑一下。"隐肆说。他展开四肢，躺在床上，闭上了眼睛。

"为什么门口写着：度假中 11月13日回来？"采小摘问。

"那是我故意留下的字条。"隐肆说，"我不喜欢家里来客人。"

"那么如果11月13号那天有客人来的话怎么办呢？"采小摘好奇地问。

"我会提前一天把纸换掉。"隐肆说，"换上一张新的，上面写：度假中 3月13日回来。"

"哦，"采小摘说，"那么如果快到3月13号的时候……"

"没错，"隐肆说，"到时候再换。这样，就不会有人来做客了。我宁愿独自一个人。正因为这样，我才是一个隐肆。"

"我一直以为那样的人叫隐士。"采小摘说，"'隐藏'的'隐'。"

"隐肆跟隐士完全不是一码事。"隐肆说。

"有什么不一样呢?"

"我得先考虑一下。"隐肆说。他重新闭上眼睛,看上去就像是睡着了。

采小摘没有耐心了。他很着急,他想要快点离开这里,而这个怪人却只知道躺在床上思考。他思考的明明就是别的事情,与采小摘没有丝毫关系。

"拜托您,您能不能先考虑考虑帮忙的事情?"他问。

"帮忙?帮什么忙?"

采小摘叹了一口气,难道他得把整件事情再说一遍吗?

"关于斑鸠园的事。"他说。

"哦,对了,你倒是提醒我了……"隐肆说。

"怎么样?"采小摘问,"您愿意帮助我们吗?"

"只可惜,你来得不是时候。"隐肆说,"你在外面的时候已经看见了,这个季节没有黑山黑莓。黑山森林里连一颗黑山黑莓都没有。那个季节离得还远着呢。仅此而已。"

他重新闭上眼睛,一声不吭。

"哦,"采小摘说,"那么……如果没有黑山黑莓就没

办法了吗？我是指帮忙的事。"

"那当然。"隐肆说，"那是必须的！根本用不着说。你八个星期以后再来吧，到时候就有黑山黑莓了。"

"到那时候还来干吗？"采小摘喊了起来，"那时候已经来不及了。您必须今天就来帮助我们，您能不能再想想别的办法？"

"我试试吧。"隐肆一边说一边在床上舒展了一下四肢。

时间过去了很久很久。采小摘环顾四周，发现时钟已经指向了十二点。半天的时间已经过完了！他必须开始回家的漫漫征程了……他还得搭渡船过河呢……

这时，他听见了轻微的呼噜声。隐肆真的睡着了。

采小摘大声地咳嗽起来，隐肆一个骨碌从床上坐了起来。

"是不是着火了？"他惊慌失措地问。

"不是。"采小摘说，"我只想知道您有没有考虑好。"

"考虑？我要考虑什么？"

采小摘的希望彻底破灭了，他大发雷霆。"听好了，"他愤怒地说，"我必须走了，我已经没有时间了。况且我也意识到，您根本就不想帮忙！"

他站起身，朝着门口走去。

"谢谢您的燕麦片。"他说。

他走出屋子，来到小吊车跟前。查弟正坐在起重机上等他。

"成功了吗?"查弟问。

"没有。"采小摘气呼呼地说,"真是一个怪人,他只知道睡觉,什么办法也想不出来。我必须出发了,要不然我今天就赶不回去了。"

可是采小摘刚开上车准备离开,查弟就喊了起来:"等一等……他追出来了!"

采小摘停下车。隐肆捧着一个巨大的花盆从房子里走了出来。他朝着小吊车走来。

"给。"他对采小摘说,"试试吧。"

"我该拿它做什么?"采小摘问。他看见花盆里有一株十分小巧的盆栽,上面只有几片几近凋落的叶子。

"盆栽……"隐肆说,"种到地上就好了。"

"哪里的地上?"采小摘问。

"当然是他们会经过的地方。"隐肆说。

"谁会经过的地方?"

隐肆闭上双眼,思考了一会儿,然后说道:"哦,对了,我想起来了……我得重新准备一盆肥皂水!还得吹泡泡呢。"说完,他跑回屋里。

"一盆凋零的盆栽!"查弟喊道,"我们拿来有什么用?"

"我早就跟你说了，他就是一个怪人。"采小摘说。

他把花盆放在小吊车上，说道："你先飞，赶回家去，到帽子公寓告诉钢笔先生我已经在回家的路上了。"

"你还记得回家的路吗？"查弟问，"你最好还是搭乘那艘大渡船，那条是离家最近的路。你沿着这里笔直往前开就行了。"

"好的。"采小摘说。可是，他的脑海里却出现了狼的身影，他想到了往返人狼和他的小渡船。他答应过，会搭乘狼的船渡河。

他犹豫了一下……时间一分一秒地过去……他很着急。

　　"听我说，查弟。"他说，"你能不能顺道去找一下狼？你告诉它，我不过去了，就说我下一次再去找它过河。"

　　"狼？"查弟问，"什么狼？"

　　"哦，对了，我还没告诉你呢。"采小摘说，"河面上还有一艘小渡船……一艘很小很小的渡船。渡船夫是一头狼，只不过，它是一头善良的狼。你知道吗？它还在等我呢。"

"哦，"查弟喊道，"我见过它！我没认出它是一头狼，因为我飞得太高了。不过我看见那艘船了，简直是装饰一新！"

"装饰一新？"

"是啊，我记得……上面布满了花。"查弟说。

采小摘叹了一口气。"还是什么都别说了。"他说，"既然狼为了我把船装饰了一番……咳，我总不能置之不理吧。我还是搭它的小渡船过河吧。"

"拜拜！"查弟一边喊一边飞远了。它朝着北方飞去，朝着帽子公寓飞去。

星期三

当采小摘来到瓦斯河边时，已经临近傍晚时分了。现在是星期三的下午……他必须确保自己今天晚上一定能赶回家……明天一清早他们就要动工了！到时候，推土机会把整座斑鸠园夷为平地。

采小摘隔得老远就看见了：狼划的小船漂亮极了。船上布满了鲜花！他把雏菊和蒲公英编织成花环和花冠。狼站在岸边使劲地挥手，老远就喊叫起来："万岁！你来啦……万岁！我已经等了你一整天啦！"

采小摘庆幸自己没有选择大渡船。他要是不来的话，狼该多么失望啊！

等他把小吊车开上船，狼便划起了船桨。

"我为你准备了一个惊喜。"他说。

"哦，是吗？"采小摘问，"什么惊喜？"

"我们划着船去看瀑布。"狼说，"瀑布在德国呢。"

"不行，不行！"采小摘大吃一惊，赶忙嚷嚷起来，

"拜托你了，绝对不行！"

狼放下了手中的船桨，失望地问道："为什么不行？那里可美了！"

"听我说，往返人狼。"采小摘说，"我没有时间！我现在可是十万火急。他们都在等我，在家里等我。我必须立刻到河对岸去，越快越好。拜托了，快划吧！"

狼并没有听他的。他生起闷气来，把船桨丢在一旁，一动也不动。

"这样吧。"采小摘说，"我会回来的！我向你保证，我一定会回来的，到时候，你可以想带我去哪儿就带我去哪儿。可是现在不行！快划啊！"狼满脸不高兴，呆呆地坐了很久。

"你猜猜我还会做什么？"采小摘说，"我会告诉所有人你是世界上最好的渡船夫，告诉他们你有一艘世界上最好的渡船。我会把这些话告诉所有人，到时候就会有很多人来坐你的船了。"

这下，狼高兴起来了。"真的吗？"他问，"你保证？"

"我保证。"采小摘说，"可是你得快一点划。"

于是，五颜六色的小花船就像离弦的弓箭一般划过水面。才过了几分钟，它就径直来到了河对岸。

"再见！"采小摘大声地喊，他开着车回到河堤上，"你一定要相信我！下回见。"

狼站在身后向他挥手。它挥了很久，直到采小摘的身影消失在地平线上。

钢笔先生站在门外的人行道上等待着，他的肩膀上站着嘟丽丽。他看了一眼手表。"五点钟……"他忧心忡忡地说，"星期三下午五点钟！采小摘还没有回来。查弟也没有回来……哦，嘟丽丽，我真的很担心……"

"安静一点……"嘟丽丽说，"我好像听见查弟从远处飞来的声音了。"

"哈喽！"一个微弱的声音传来，而这个声音正在变得越来越响亮，"哈喽！"

查弟刚刚降落到他们身旁，钢笔先生就等不及地问道："采小摘在哪儿？你找到他了吗？"

"采小摘正在回来的路上。"查弟说，"一切顺利。"

"哦，真是万幸。"钢笔先生松了一口气，"这才是最重要的。他找到隐肆了吗？"

"是的。"查弟说，"可是他根本帮不上忙。"

"根本帮不上忙？"

"隐肆一点办法也想不出来。"查弟说，"只给了采小摘一盆凋零的盆栽。"

"一盆凋零的盆栽？

"他给了采小摘一盆还不如巴掌那么大的凋零了的盆栽。"查弟说。

"我们要一个盆栽有什么用？"胖嘟嘟的鸽子嘟丽丽嚷嚷起来，"我早就知道他肯定帮不上忙了。明天推土机就要启动了。我们必须把斑鸠园里的小动物们解救出

来，我们得赶在天黑之前帮助所有的小动物搬家！帮他们搬到公园里最安全的地方。"

"我们再等一等……采小摘吧……"钢笔先生说。

"来不及了！"嘟丽丽吵嚷道，"他得等天黑才能赶到。到时候，斑鸠园里所有的小动物都睡着了。"

"我还是想等采小摘回来。"钢笔先生说，"他得到了一个盆栽……谁知道呢……隐肆有没有说我们该拿那个盆栽做什么？"

"那家伙什么话也没有说！"查弟喊道，"真是一个十足的怪人。他只给了一个大花盆和一株凋零的盆栽，除此之外什么都没有。"

"你们要是不去的话，我就一个人去！"嘟丽丽喊道，"我这就去通知所有的小动物。我去告诉它们，它们必须赶在天黑之前开始逃难。"

钢笔先生弱弱地喊道："等一下……别那么着急……"可是嘟丽丽已经飞走了。

"我还能为您做些什么吗？"查弟问，"如果没有的话，我就要到猫咪海滩去捕一条鱼了。您知道吗，我一路上都没有吃过东西……"

"去吧。"钢笔先生说，"眼下我们什么事也做不了。

谢谢你的帮助。"

查弟飞走了，留下钢笔先生独自一人站在人行道上。他的店里时而有顾客来访，每到那时，他就会走进店里招呼客人。可是余下的时间里，他一直站在店门外等待着。夜幕降临了。天色越来越暗，越来越暗……终于，小吊车前小小的照明灯在拐角处亮了起来。

"总算来了……"钢笔先生说，"我都快担心死了。快说说隐肆到底愿不愿意帮助我们。"

"不愿意。"采小摘说，"至少……他只给了我这么一个东西。"

他把沉重的花盆从吊车上拖了下来。

"我们该拿它做什么呢？"钢笔先生问。

"种植。"

"在哪儿？"

"我不知道。"

"难道隐肆什么都没有说吗？连我们该把它种在哪儿都没有说？"

采小摘想了一想，说道："隐肆说，我们得把它种在他们会经过的地方。"

"他们会经过的地方？谁？"

"这个问题我也问了。"采小摘说，"可是他没有回答。"

"他们会经过的地方……"钢笔先生喃喃自语，"我想我应该有一点明白了……他说的一定就是明天一清早工人们前往斑鸠园时会经过的地方。我们就把这盆盆栽栽到通往斑鸠园的小道旁边，就是公园里面。快来……我们这就动手，我会带上一个喷水壶，往里面灌满水。"

他们把花盆放回到小吊车上，朝着公园驶去。

外面已是漆黑一片。钢笔先生和采小摘一起，借着照明灯的光线，把小得不能再小的盆栽埋到泥土里。他们用喷水壶为它洒了些水，可是钢笔先生却十分泄气地说道："这东西已经凋零了，它肯定活不过来了。"

正当他们打算开着车离开的时候，嘟丽丽从斑鸠园里赶了过来。它一路小跑，因为它又累又困，再也飞不动了。

"喂，"它说，"他们全都拒绝了。"

"谁？"采小摘问，"什么？"

"它们拒绝离开。"嘟丽丽说，"它们不愿意从斑鸠园

里搬出去。它们全都说：宁愿死也不愿意搬家。我们该怎么办？"

"我们还是回去睡觉吧。"钢笔先生说，"我们已经竭尽所能了。明天一早，我们三个就到这儿来。就回到这个地方。到时候再决定怎么做。"

黑山黑莓

　　已经到了星期四早晨。这是"危险"降临的一天！公园里堆满了大袋的水泥和瓷砖，这些东西的旁边停着一辆巨大的推土机，它已经准备就绪了。

　　采小摘、钢笔先生连同胖嘟嘟的嘟丽丽一起站在小盆栽的旁边。他们昨晚才把它种到土里。

　　"死翘翘了！"嘟丽丽喊道。

　　"是啊，已经死了。"钢笔先生叹了一口气，"我还是不能理解为什么隐肆会给我们一株盆栽……我还指望它是一盆神奇的植物呢……算了吧，一盆死了的神奇植物还有什么用？"

　　"现在，我们必须立刻把斑鸠园里的小动物们挪到安全的地方去。"采小摘说，"我们还有半个小时的时间。工人们八点钟来，到时候，推土机就会把这片地方夷为平地……快来啊！"

　　他们坐上小吊车，沿着狭窄的小道驶向斑鸠园。废塘边，所有的小动物都聚集在一起，无比焦虑。那里有小鸟、老鼠、小刺猬，还有鼹鼠、兔子、四只胖嘟嘟的耗子和一只小松鼠。除此之外，还有一些诸如毛毛虫、甲壳虫和蟋蟀一类的小不点儿。只不过，它们被高高的草丛遮挡住了。

"采小摘来了！"他们喊道，"采小摘会来保护我们的！他会开着他红色超级小吊车，把那些讨厌的人全部赶走！"

采小摘沮丧地摇摇头，说道："不行，我没法把他们赶走。不过我可以帮助你们逃离这里，我会把你们装在我的车上。除了小鸟之外，大家都可以上去。小鸟可以自己飞。"

"吼，吼！"一只小鸟喊道，"那我的窝怎么办？我还有一个窝呢！"

"我可以把所有的窝都一起搬走。"采小摘说。

"那么我们呢？"鼠爸爸喊了起来，"我的家人该怎么办？我可怜的、光不溜秋的小宝宝该怎么办？"

"全都一起走。"采小摘说，"我会来回开几趟。不过我们必须加快速度，因为他们很快就要开工了！快点儿。"

这时，小松鼠蹦到他的面前，说道："你还认识我吗？"

"是可怜虫！"钢笔先生喊道，"就是那只有恐高症的小松鼠！"

"是啊，"可怜虫说，"我就住在这里。我有一个窝，还有小宝宝。我不想离开这里，我们所有人都不愿意离开这里！"

"没错，就是这样……"其他的小动物们也齐声喊了起来，"无论会发生什么，我们就留在这里哪儿也不去。我们宁愿被轧死！"

"你们疯了！"嘟丽丽喊道，"想想你们的孩子吧。一切都会被摧毁……一棵树也留不下来……"

"搬窝的时候我会加倍小心的。"采小摘说。

可是，无论他们如何恳求、如何威胁，都无济于事，这真是一群顽固不化的家伙。这时，沉重的卡车发出震耳欲聋的轰鸣声。"他们来了！"采小摘喊了起来，"他们就要开工了！谁还想活命？"

可是小动物们却四下逃散，一眨眼的工夫就逃到了自己的洞穴和巢穴里，一边簌簌发抖，一边等待着灾难的降临。

"跟我走。"钢笔先生一边说,一边拖着采小摘的胳膊,沿着小道回到公园里。

大卡车就停在那里。车上走下四个男人,他们随意地环视着四周。

"坐在这儿别动……就在这簇……"钢笔先生压低声音说。

他们静悄悄地躲在绿野丛中……从这里，他们可以一清二楚地看见周围发生的一切。

一个男人坐上了最大的那台推土机，其余的人打算沿着小道走向斑鸠园。可是，突然间，他们全都停了下来。

"他们在做什么?"钢笔先生小声地嘀咕。

"他们正在从一丛灌木上摘东西……"采小摘小声地回答他，"他们吃起来了。"

钢笔先生透过绿叶望去。忽然，他说："那丛灌木! 刚才明明还没有的……采小摘! 它就是我们的小盆栽!"

他说的没错，那株巴掌大的小盆栽在太阳的照射下长成了一丛灌木。这丛灌木上结满了深紫色的黑莓。

这时，推土机发出一记振聋发聩的声响，接着又是一声……似乎想要把他们全部压成碎片……可是它却停下了。车上的男人走了下来，从其他人手中接过一捧黑莓。

采小摘和钢笔先生屏住呼吸，静静地等待着。

突然，事情的发展完全出乎他们的预料：男人们狂欢了起来。他们在瓷砖间翩翩起舞，一边你追我赶，一边嘶吼、尖叫，简直就像一群小孩子一样。

钢笔先生万分惊讶地说道："我猜，他们接下来要玩捉迷藏了。"

　　他说得一点不错，他们玩起了捉迷藏。远处又开来一辆车，那辆车美丽而又奢华。公园园长从车上走了下来，他眉头紧锁，眼睁睁地看着这群工人站在树下数数："一，二，三……一百，我来啦！"

　　"是啊，我也来了！"公园园长怒气冲冲地喊道，"我已经来了！你们不知道羞耻吗？居然在工作的时间玩捉迷藏！也不看看自己多大年纪了。呃！"

　　这时，他的目光落在了黑莓树上。他漫不经心地摘下几颗黑莓，塞进嘴里。

　　"行了，你们还干不干活儿了？你们立刻给我开工！"他喊道，"要不然，我

就……"他的话戛然而
止。他脸上的怒气消失
了，他大声地笑了起来。

　　"等一等，我跟你们
一起玩！"他大声地呼
喊。于是，他嘶吼着、
尖叫着，跟其他人一同
玩耍起来。

"是那些黑莓的缘故……"钢笔先生说,"就是那些黑山黑莓,他们是有魔力的黑莓。只要吃上一口,你就会停下工作,玩耍起来。"

忽然,公园园长朝他们冲了过来。他在树丛后面寻找了一番,发现他们的时候,他高兴得尖叫起来。"轮到你来找啦!"他一边拍打钢笔先生的肩膀,一边大声地喊。随后,他便蹦蹦跳跳地跑远了。

"我?"钢笔先生喊道,"难道我要跟他们一起玩捉迷藏吗?"

"您待着别动,我去吧。"采小摘说。他跑了出去,跟那些欢天喜地的男人们一同玩耍起来。他们越玩越起劲。与此同时,嘟丽丽和钢笔先生却在一旁攀谈起来。

"成功了!"它说,"我是不是该到斑鸠园里去通知所有的小动物们,它们已经获救了?是不是该告诉它们已经安全了?这些人已经不再工作了,他们这辈子都只知道玩耍了。我是不是应该马上去告诉它们?"

"不过,我可不觉得这个状态会持续一辈子。"钢笔先生忧心忡忡地说,"说不定一个小时之后就失效了……说不定这只能持续一小会儿……"

"得了吧,"嘟丽丽说,"吃几颗黑莓吧!"

"我会的。"钢笔先生说，"它们看上去太可口啦。"

灌木<u>丛</u>里挂满了水灵灵的紫色黑莓，似乎每吃掉一颗，就会有新的长出来。钢笔先生尝了一口。

公园里，他们搭起了一座漂亮的滑滑梯。所有人都在上面玩：有公园园长、工人们，还有采小摘……"预备，滑！"钢笔先生大声地喊。他也爬上了滑梯，加入了他们的游戏。

"瞧瞧啊。"嘟丽丽说。它回到斑鸠园里，对所有的小动物们说，危险已经过去了，它们安全了。"是暂时的……"嘟丽丽补充了一句，可是小动物们却没有听见这一句。它们已经等不及开始庆祝了。

大人们在玩耍

公园里的那株灌木不停地长，长啊长，不时地结出新的黑莓果实。凡是路过的人，全都会忍不住尝一口。所有尝过黑莓的人都会玩耍起来，因为黑山黑莓是有魔力的黑莓。

如果你来到公园里的话，你一定不会相信你的眼睛！所有的大人们都在做游戏。五位胖乎乎的女士围成一个圈，玩起了押韵游戏；以为年纪很大的先生正和一位年纪很大的女士一起在沙坑里堆沙子；医生和牧师一起玩青蛙跳；面包师和屠夫一同坐翘翘板。欢笑声和呐喊声此起彼伏。

谁也没有想到工作的事。负责开推土机的工人们早就把清理斑鸠园的事抛到了脑后。

当他们玩够了"你追我赶"和捉迷藏之后……又玩起了混凝土搅拌车。他们动用了一些工具，把瓷砖、沙子摆成各种漂亮的形状，接着在上面浇上混凝土。结果就是他们做出了十分怪异的雕像。

当然，孩子们也和大人们一同玩耍起来。他们四处乱跑，推着独轮车到处乱窜。采小摘和公园园长一起做"抓俘虏"的游戏，唯一没有参与到游戏中来的人就是净一净太太。

她来到公园里，想要看看究竟发生了一些什么事。眼下，她正怒气冲天地看着眼前的景象，她一把抓住公园园长的袖子，大声地咆哮起来："这里乱糟糟的像什么

样子！您现在应该在工作，清理斑鸠园！可是您却像一个小孩子一样在这里玩耍。醒醒吧，公园园长先生！"

"咳，太太呀，别这么大火气！"公园园长喊道。刚说完，他便跑开了。这时，采小摘手捧着一大把柔软多汁的黑莓，来到净一净太太的面前。

"吃几颗吧……"他说，"它们可口极了。"

净一净太太眯起眼睛看了看面前这些紫色的浆果，说道："它们一定还没洗过……谢谢你，不过它们太脏了。"

说完，她径直走向一个正在做奇怪的混凝土雕塑的工人。"如果您不立即开始工作的话，"她大声嚷嚷，"我就立刻给市长打电话。"

"您用不着给他打电话了。"工人大声地笑了起来，"市长已经来了，他就站在您的身后。"

净一净太太转过身，站在她身后的正是市长先生。他听说这里发生了一些不寻常的事，便穿上最得体的西装，来到公园里。

"幸亏您来了！"净一净太太喊道，"这座城市里所有的人都疯了。您看看这里发生的一切啊！"

"是啊……"市长一边说，一边惊讶地望着周围玩耍、嬉闹的人群。

"您必须立即采取行动!"净一净太太说,"您必须立即派一些警察过来。"

"警察?"市长说,"他们已经在这儿了。"他一边说一边用手指了指。

不远处，几名警官正在专心致志地玩着"跳房子"。他们在地上画了跳房子用的格子，开心得不住尖叫。

"太丢脸了！"净一净太太喊道，"您有没有看见他们用混凝土堆成的那些又大又怪的东西？"

市长歪着脑袋，盯着那些奇形怪状的雕塑和人像，仔细地瞧了瞧。

"我觉得它们还挺有意思的……"他说,"这是一种'艺术'!"

"艺术!"净一净太太嚷嚷起来,"这简直是胡闹!浪费了这么多昂贵的材料!"

可是市长却把她推到一旁,更加仔细地研究起那些雕像来。

"真正的艺术品……"他小声地说,"这么久以来,我是多么向往这样的艺术啊。我一直想在我们的公园里

摆上一些漂亮的雕塑，却一直没有钱。现在，这个愿望终于实现了……从天而降。我简直肃然起敬！"

"可是，市长……"净一净太太哀叹道，"我们要怎么处置斑鸠园呢？就是后面那片乱糟糟、脏兮兮的林子！我们明明要在那里建立一片整洁的瓷砖广场的啊。可是瓷砖却被他们用光了！"

市长看了一看，的确如此，所有的瓷砖都被用来玩耍和做雕塑了。

他耸了耸肩。"是啊，"他说，"我们没有钱买新的瓷砖了。"

"这么说来，斑鸠园就只能维持原状了？"净一净太太嚷嚷起来，她简直气不打一处来。

"我从来都不觉得把那些大树砍掉能算是什么好主意。"市长说，"说实话，我倒是很高兴我们可以保留住一片真正的原始森林。这片地方可以留给孩子们玩耍，也可以留给小鸟们筑巢。"

"难道您就由着这些丑陋的雕塑和人像竖在这里吗？这可是我们的市政公园啊！"净一净太太问道。

"是的。"市长的脸上露出满足的神情，并由此大放异彩，"就让它们永远竖在这里。"说着，他蹦蹦跳跳地跑远了……真奇怪，他明明连一颗黑莓都没有吃过。不过，他并不是唯一的一个……不少人根本不需要吃什么黑莓，便蹦蹦跳跳地玩耍起来。他们生来如此。

净一净太太被气得简直就要昏死过去，她怒气冲冲地回家了。

他们的对话被一个人偷听到了，那就是胖嘟嘟的鸽子嘟丽丽。它飞到采小摘跟前，把所听到的一切一五一十地告诉他。

"那就是永远啦！"它说，"他们再也不会铲平斑鸠园了……小动物们得救了。快去告诉它们啊，采小摘。"

当采小摘来到斑鸠园里的时候，所有的小动物们早就不知道躲到哪里去了。废塘四周一片寂静，没有青蛙呱呱呱的欢叫，也没有小鸟叽叽喳喳的歌唱。采小摘轻轻地吹了一声口哨，这才引得一只忐忑不安的小动物露了面。

原来是鼠爸爸。它紧张极了，胡须不停地颤抖。

"那些恶毒的人就要来了吗？"它问，"他们是不是要来杀死我们了？"

"不是。"采小摘说，"不是，别紧张。"

"可是我们听见了嘈杂的吵闹声……"鼠爸爸说，

"轰隆轰隆响个不停……那到底是怎么一回事？"

"那是混凝土搅拌机的声音。"采小摘说，"不过，那不是为了动工。他们只是在玩耍而已，他们不会来了。"

"我能不能去告诉我的妻子和我的孩子们，让它们安心睡觉？"老鼠问，"你知道的，它们已经一整个星期都没有睡过好觉了。"

"快去吧，"采小摘说，"把这个消息告诉所有人。危险已经过去了，永远过去了！"

"谢谢。"鼠爸爸说。

采小摘蹦蹦跳跳地回到公园里，继续玩耍起来。

一切都失控了！

采小摘吹着口哨，走过十四层楼的过道。他朝着电梯走去，想要到外面去。他想要到街上去，因为所有的大人们都在那里玩耍。

公寓的大门外站着一个非常年迈的老太太。她站在垃圾箱跟前翻找里面的东西，腿上还缠着长长的绷带。采小摘眼睁睁地看着她从垃圾箱里掏出一块面包，而且居然吃完了！他简直目瞪口呆。

"您好。"他说。他认识这位老太太，她就是老阿姨铁丝。

"哈！采小摘！"她叫喊起来，"还好你来了！所有人都在玩耍！帽子公寓里一个人也没有。"

　　"您的腿怎么了？"采小摘问。

　　"说的是啊。"铁丝阿姨说，"昨天，我在跳绳的时候摔了一跤，把腿摔伤了。我原本是来找医生看病的，可是他居然在外面玩耍！哦，采小摘……这一切太恐怖了。"

　　可怜的铁丝阿姨哭泣起来。采小摘的内心对她充满了同情。

　　"我饿极了……"她哽咽道，"所以我想从垃圾箱里

翻一块面包出来……因为面包师不干活了。他在外面玩耍呢。"

"等一会儿。"采小摘说,"我这就去把医生叫来,再给您买些面包回来。"

"还有牛奶。"铁丝阿姨说,"因为送奶工只知道在外面玩'你追我赶'。"

"全都交给我了。"采小摘说。他刚要离开,便被铁丝阿姨拦住了。她说:"还有一件事……这里漏水漏得厉害。"

"哪儿?"采小摘问。他抬起头朝上看,他刚抬头,就被喷了一脸水。

"水管坏了。"铁丝阿姨说,"到处都在漏水。你看看吧!"

采小摘看见水沿着墙壁往下淌,沿着阳台往下滴。

"必须马上把水管工找来。"他说。

"我已经给他打过电话了。"铁丝阿姨说,"可是怎么也找不到他。他一定是在外面玩弹子游戏呢。"

采小摘乘着电梯来到楼下。他走出大楼,站在门口的人行道上张望了一番。他简直就像是来到了热闹的集市上,周围完全变成了游乐的海洋。大人们、小孩们……所有人都欢叫着、嬉戏着，玩着各式各样的游戏，周围的一切都令人眼花缭乱。所有的人都不工作了，所有的小孩也都不上学了，因为就连老师们也在街上玩耍。一位胖乎乎的女士正在路边玩板球。采小摘上前询问，想知道她有没有见到医生。

"医生在那边的那棵树上。"她说，"跟公证员的妻子在一起。"

采小摘抬头仰望，看见有几只脚在高高的绿树丛中来回摆动。"医生！"他喊道。

医生的脑袋从树枝中间探了出来，他张望了一下。

"您能过来一下吗？"采小摘喊道，"来看看铁丝阿姨的腿！"

"不行！"医生喊道，"我玩得正开心呢。"说完，他的脑袋便消失了。

采小摘决定去买面包。可到了这个时候，他才发现所有的商店都关门了，就连钢笔先生的书店也关门了。面包师和送奶工正在一同玩耍，他们用空荡荡的牛奶瓶和一个塑料球玩起了"九柱保龄球"的游戏。采小摘上前询问哪里可以买到面包和牛奶，可是他们却对他的问题置若罔闻。这时，采小摘看见了水管工。他正和牧师一起做着"牛仔大战印第安人"的游戏。

"水管工！"采小摘喊道，"请您过来一下！帽子公寓漏水啦！"

"砰！砰！"水管工面带笑容地喊道，他假装自己在打枪。

采小摘灰心丧气地坐在人行道上，没有人在意他说什么，所有人都只顾玩耍。当嘟丽丽朝他飞来的时候，他正打算回到帽子公寓里去。嘟丽丽落到他的肩膀上，说道："采小摘！我刚刚从城市上空飞过，那里发生了可怕的事情！"

"什么事情？"采小摘问。

"有一栋房子被烧毁了！"胖嘟嘟的嘟丽丽说。

"原本住在那里的人们全都站在马路上！他们失去了一切。"

"太糟糕了。"采小摘说，"难道消防员没法把火扑灭吗……或者……"说到这儿，采小摘突然明白过来了，"你是想说那些消防员也只知道玩耍？"他问。

"是的。"嘟丽丽说，"他们不愿意去救火，他们在公园里玩。我刚从那里经过……他们正在和钢笔先生一起点火玩。"

"我立刻去找他们。"采小摘说。他匆匆忙忙地朝公园奔去。

来到公园,他一眼就看见消防员们点起的篝火。说实话,那幅景象很美。他们时不时地把一个旧箱子或者旧盒子丢到火焰上,火苗发出轻微的爆裂声。透过烟雾,采小摘看见钢笔先生也在他们其中。他举起一把斧子,把干枯的树枝劈开,扔向篝火。

"钢笔先生!"采小摘喊道。

"我现在没有时间。"钢笔先生喘着粗气说,"我正在玩呢!"

这下儿,采小摘生气极了。如果连钢笔先生都不愿意听他说话的话,那简直糟糕透顶了。

他的身旁就是黑莓树,那是与众不同的黑山黑莓,上面结满了柔软多汁的果实。

"全都是这些讨厌的黑莓惹的祸!"采小摘嚷嚷起来,"所有人只要吃了它的果实,就会玩耍起来。人们不停地吃,而它就不停地开花结果。没有人愿意帮忙,因为他们只知道玩耍。"

采小摘怒气冲冲,一把夺过钢笔先生手中的斧子,抬手朝着黑山黑莓挥去。

　　"喂喂喂，你在干什么？"钢笔先生大呼小叫，"我命令你停下！"他想要把斧子抢回去，可是采小摘却一把把他推开。他砍啊砍，黑莓树很快就变得七倒八歪。

　　"快来帮忙啊！"钢笔先生喊道，"这个男孩把我们的黑莓树砍死啦！"

　　消防员抬起头看了看。他们哈哈大笑，并且对钢笔先生说："咳，随他去吧……他只不过是想玩耍而已。我

们不是全都在玩耍吗？"

采小摘挥起斧子，狠狠地砍向黑莓树。"砰"的一下……树倒了下来。他拖着黑莓树，沿着小道来到篝火跟前，把树丢到了火焰上。

"太浪费了！太可惜了！"钢笔先生悲叹道，"你到底做了些什么啊，采小摘！"

可就在这时，火焰熊熊地燃烧起来……它折射出奇怪的色彩……蓝绿相间，美丽极了。人们从四面八方赶来观看。终于，所有人都围在篝火旁。他们全都停止了玩耍，呆呆地看着火焰燃烧，直到面前只剩下一堆凌乱的灰烬、一些木炭以及些许漆黑的木材。

人们默不作声，显出一副局促不安的模样。不再有人喊叫，不再有人呐喊，也不再有人玩耍了。

第一个开口说话的人是医生。他带着几分羞愧的神情说道："我已经玩耍了一整天，对我的病人置之不理。太糟糕了！"

"我必须立刻到帽子公寓去。"水管工喊道，"我听说那里漏水了！"

"我的天哪……"面包师说，"……我已经一整天没送过面包了！我可真是一个白痴！居然丢下那么多的工作，只知道玩耍。"说完，他匆匆忙忙地跑向他的面包房。

一个小时之后，一切都恢复了正常。铁丝阿姨躺在

床上喝着茶，她的腿上换上了新的绷带。水管已经修好了，地面上的水渍也被擦掉了。商店重新开门营业。唯一依旧关闭着的地方就是学校，不过那也是因为已经到了下午四点钟的缘故，已经是放学时间了。

钢笔先生站在自己的商店里，他对采小摘说："你真勇敢，采小摘。干得漂亮！只不过，有一件事我觉得很可惜……我们应该留下黑莓树的一根树枝，把它种到花盆里。如今，所有的黑山黑莓被丢弃得一干二净，万一我们需要的时候就再也指望不上它了。"

果酱

黑山黑莓被砍死了，一切都恢复了正常。大人们每天都辛勤工作，再也不玩耍了。采小摘觉得有一些无聊，他很想知道好小奇有没有回来。

采小摘来到十九层，摁响了净一净太太家的门铃。他的心里有一些不安，因为他依旧很害怕她。

然而，她一打开门便说道："进来吧，采小摘，你正好可以帮帮我。"

采小摘看见门厅里放着一张又大又旧的婴儿床。

"我想把它抬到客厅里去。"净一净太太说，"帮我一把，我的背疼得厉害。"

采小摘费了很大力气，帮她把婴儿床拖到了客厅里。随后，他问道："您家里有婴儿吗？"

"婴儿？没有啊，这是给好小奇准备的。她今天下午就要回来了。"

"给好小奇的？"采小摘喊了起来，"好小奇还在睡婴儿床？可是她已经不是小宝宝了啊。"

"是啊，"净一净太太说，"可是你看，我刚刚把整栋房子打扫干净。墙壁洁白一新。如果好小奇在房间里跑来跑去的话，这一切马上就会变得肮脏不堪。所以，她必须待在婴儿床上。这里还有一个波浪鼓呢，多好玩啊！"

采小摘被气得满脸通红。他彻底忘了自己是害怕净一净太太的，他大声地叫嚷起来："我觉得这很过分！"

净一净太太冷冷地看着他。"这跟你有任何关系吗？"她问，"走开，我可没时间听你唠叨，我正在做果酱呢。我已经做了五十四罐黑莓果酱，你想想我有多忙吧！"说着，她把采小摘推到了门外。

他不知所措地来到楼下，把见到的一切告诉钢笔先生。

"坐在婴儿床上！"他归纳道，"这怎么能行呢？怎么能让一个这么大的女孩待在一张婴儿床上呢？"

"不可理喻！"钢笔先生喊道，"可是，你告诉我……这段时间以来好小奇一直在海边吗?"

"是的,跟捣蛋一家在一起,就在耙子海岸上。在那里,她就像一只小鸟一般自由自在,可是现在居然要被关到一张婴儿床上去了!"

"……那么她是怎么说那些果酱的呢?"钢笔先生问,"你刚才提到了什么黑莓果酱。"

"她说她做了五十四罐黑莓果酱。"

"这样啊……"钢笔先生嘟囔道,"她是从哪儿弄来这么多黑莓的呢?"

"我不知道。"采小摘说,"她把我推出了门外。能不能拜托您去找她一趟?请您告诉她,这对好小奇而言是无法容忍、丢脸至极的……"采小摘几乎说不出话来,他实在太生气了。

"是啊,"钢笔先生说,"我有一点害怕净一净太太。这样吧,我们一起去。你就待在门口的走廊里,等着我!"

他们一起乘着电梯上楼,钢笔先生摁响了门铃,而采小摘则躲到了一旁。

当净一净太太把门打开的时候,钢笔先生勇敢地走了进去,飞快地穿过客厅,来到婴儿床的跟前。

"我听说您的小女儿今天下午就要回来了。"钢笔先生说。

"没错。"净一净太太说，"您也看见了，我连婴儿床都准备好了。我忙得焦头烂额，没法为您煮一杯咖啡。我把所有的墙壁都粉刷一新，以至于背疼得厉害！而且我还做了很多果酱！"

钢笔先生偷偷地瞄了一眼她身后的厨房。厨房里摆着一排又一排的罐头。

"是黑莓吗？"他问。

"五十四罐黑莓果酱。"净一净太太骄傲地说。她领着他来到厨房。"我没有那么多空罐头。"她说，"所以还剩了一大锅果酱。"

　　"这些黑莓是从哪里买来的？"钢笔先生问。

　　"它们不是买来的。"净一净太太说，"随便摘就可以了。就在公园里，有满满一树的果实呢。我用小篮子盛着，来来回回了好多趟。"

"这些果酱难道没有苦味吗？"钢笔先生问。

"嗯，说实话，我还没有尝过呢。"净一净太太说，"我实在太忙了。"

"黑莓果酱能够医治背部的疼痛。"钢笔先生说，"这一点您不会不知道吗？"

"真的吗？"

"当然啦！所有的医生都这么说。我要是您的话，就立刻吃上几勺。"

净一净太太犹豫了一下。"咳，得了，试试吧……"她说。她把长柄勺插进锅里，舀起一大勺，塞进嘴里。

"嗯……真美味。"她说，"一点儿也不苦。您要尝尝吗？"

"谢谢您，我刚吃过早饭。"钢笔先生说。

"好吧，"净一净太太说，"您也看见了我有多忙。谢谢您的到访。再见！"

她打开大门。钢笔先生还没来得及反应过来，就已经站到了门外的走廊里。

采小摘正在门口等候。"怎么样？"他问，"您有没有狠狠地说她一顿？"

"没有。"钢笔先生局促不安地说，"没有，我没有找到机会，她把我推到了门外。"

"我们再摁一次门铃。"采小摘说，"我们一起说她。"

"我不敢。"钢笔先生说，"这很难令人相信，可事实就是我很怕她。"

"我也是。"采小摘说，"可是，如果我非常生气的话，我就会忘记害怕。"他摁响门铃，没有人来开门。

他们又摁了一次门铃，还是没有动静。他们等了很长时间，之后又摁了一次门铃，然后再摁一次。

"她该不会生病了吧……突发的疾病？"钢笔先生忐忑不安地说。

"门没有锁……"采小摘说，"我们可以把门推开，直接进去。"

"这样的做法有点儿鲁莽。"钢笔先生说，"不过，我们还是进去吧。"

他们走了进去，穿过客厅，然后停住了脚步。他们被眼前的一幕震惊得目瞪口呆。

净一净太太坐在婴儿床上。她正在玩波浪鼓，像一个小婴儿一般不停地转动它。

"您不舒服吗？"钢笔先生结结巴巴地问。

"哒哒哒！"净一净太太欢快地喊道。她把毛绒兔子从婴儿床上丢了出来。

　　"老天爷呀！"钢笔先生小声地说，"她吃了太多果酱！"他拉着采小摘来到厨房，果酱罐里还是满满当当的，可是锅却已经空了。

"用黑山黑莓做成的果酱……"钢笔先生说,"你知道的,吃了黑山黑莓就会玩耍起来。可是她吃了足足一公斤呢!简直太多了……现在她正在婴儿床上玩耍……就像个小宝宝一样!"

"哒哒哒!"净一净太太欢呼着。

"太糟糕了。"钢笔先生说,"我们该怎么办呢?今天下午好小奇就要回来了!她会发现她的妈妈待在婴儿床上!不行,采小摘,就连医生也无可奈何。我想,这得需要很多时间来平复……跟我到外面去,我们安安静静地商量一下。"

他们刚走出大门,来到走廊上,胖嘟嘟的嘟丽丽便迎了上来。"我看见他们了!"它喊道。

"你看见谁呢?"

"我看见好小奇了,还有捣蛋一家。有捣蛋爸爸和六个小捣蛋!他们坐着汽车从耙子海岸回来了,他们正在朝这里过来!再过十分钟,他们就到了。"

钢笔先生拉着采小摘冲进了电梯。

"快点!"他喊道,"我们必须拦住好小奇!绝不能让她看见她的妈妈……她会被吓死的。"

好小奇回家了

采小摘和钢笔先生站在帽子公寓门前的人行道上。他们等候着从耙子海岸开来的汽车，因为好小奇和捣蛋一家正在那辆车上。

"记住，采小摘，"钢笔先生说，"无论如何都不能让好小奇去见她的妈妈。我们必须拦住她，想想看吧，如果她回了家……她会发现她的妈妈在婴儿床上，像一个小宝宝一样哭闹。"

"可是我们怎么才能拦住好小奇呢？"采小摘问，"她肯定很想回家，我们该怎么对她说呢？"

钢笔先生还没来得及回答，汽车便"滴滴"地响着喇叭开了过来。它不偏不倚地停在帽子公寓的入口处，打开了车门。六个小捣蛋蹦蹦跳跳地从车上下来，一边尖叫一边呼喊。随后，捣蛋爸爸和好小奇也从车上走了下来。他们的皮肤被晒得黝黑，好小奇的脸蛋圆了一圈，开心地笑着。

"你们好！"小捣蛋们喊道，"我们回来啦！"

"你们走了好久啊！"采小摘喊道。

"六个星期。"捣蛋爸爸说，"这段时间的天气一直都很好！不过我们还是很高兴能够回家。"

"我也是。"好小奇说，"我这就回去看我的妈妈。"

"等一下，好小奇。"钢笔先生说，"别这么着急……等一下……"

好小奇有些诧异，于是问道："为什么要等一下？"

"你不能去看你的妈妈。"钢笔先生十分不安地回答。

"为什么呢？"好小奇问，"该不会出什么事了吧？她是不是生病了？"

"是的。"钢笔先生说，"我想应该是的。"

这下，小捣蛋们跟着掺和起来。

"可怜的孩子啊！"捣蛋爸爸喊道，"在你妈妈的病痊愈之前，你都可以待在我们家！"

"跟我们回家吧！"小捣蛋们喊道，"我们可喜欢你来呢！"

可是好小奇一点儿也听不进去。她偷偷地从采小摘身旁溜了过去，跑进帽子公寓的大堂。

"拦住她！"钢笔先生喊道。

　　采小摘急忙去追赶好小奇。可是还没等他追上来，好小奇就已经进了电梯。采小摘眼睁睁地看着电梯升了上去。

　　"等着瞧吧！"钢笔先生咕哝道，"她马上就会发现她的妈妈在婴儿床上了！"

　　"什么？你们到底在说什么？"捣蛋爸爸问道。

　　"我们必须追上她……我不等电梯了……我走楼梯！"采小摘喊道。他踩着楼梯往楼上冲，所有的小捣蛋们都跟在他的身后。

他们必须跑到十九层，这也就是说，他们得跑过三十八段楼梯！当他们好不容易跑到上面时，已经累得上气不接下气了。他们撞在了迎面赶来的钢笔先生和捣蛋爸爸身上。他们是坐电梯上来的。

一路上，钢笔先生讲述了发生了的一切，可是捣蛋爸爸却听得云里雾里。

"吃了太多果酱？"他问，"可是就算那样也不会变成一个小宝宝啊！"

"我一会儿再向你解释……"钢笔先生说，"我们先去帮助好小奇，好好安慰安慰她……这个可怜的孩子。"

他们来到的好小奇家的门口，摁响了门铃，因为大门已经被锁住了。他们等了很长时间，却没有人来开门。

钢笔先生轻声地嘀咕起来，同时还不断地喊："咳……可怜的小鬼……我想，她一定是被吓得不能动弹了！"

可就在这时，门开了。好小奇出现在门口，她看上去兴高采烈、神采奕奕。

"全都进来吧。"她说，"你们可以来帮忙画画呢！"

他们全都走了进去，有钢笔先生、采小摘，还有捣蛋一家。

他们跟着好小奇来到客厅，净一净太太正在焕然一新的墙壁上画画。

"你们好。"她喊道，"快进来，每人拿一支彩笔，一起画！"

小捣蛋们一看见彩笔便欢呼起来。他们找出最漂亮的颜色，画起了奇形怪状的娃娃。采小摘立即加入了他

们的队伍，而捣蛋爸爸却小声地问钢笔先生："她看上去一点儿也不像一个小宝宝……倒更像是一个小学生啊！"

"是啊，"钢笔先生也压低声音回答他，"这一个小时的时间里，她长大了不少。我的意思是……她从小宝宝长成了一个小学生……我的天哪……太神奇了！"

当整面墙壁全都被奇形怪状的涂鸦填满后，净一净太太笑嘻嘻地坐了下来，喊道："孩子们，我已经筋疲力尽了！你们觉得来一片香喷喷的面包怎么样？我做了香甜可口的黑莓果酱！"

"万岁！"小捣蛋们和好小奇齐声喊道。

他们全都想要跑到厨房里去帮忙，可是钢笔先生却喊道："停下！不许去！"

所有人都惊讶地闭上了嘴。

"亲爱的净一净太太，"钢笔先生严肃地说，"我想要告诉您一些事。您的黑莓果酱是用黑山黑莓做成的。黑山黑莓很美味，可是如果吃多了，是会有危险的。"

"拜托！"净一净太太兴致勃勃地喊道，"我吃了足足一公斤。我还从来没有感觉这么快活过呢！"

"没错！"钢笔先生说，"您说说，净一净太太，您吃了果酱之后做过些什么事？请您原原本本地说出来。"

净一净太太想了一想，然后摇摇头。"我不记得了……"她说，"我只记得我看见了几支彩笔，然后就开始画画……"

"那么您还记得您是在什么时候吃的果酱吗？"钢笔先生问，"是昨天？还是今天早上？是不是一个小时之前？"

净一净太太用手揉了揉额头，略带着困惑地说："不……真奇怪……我忘了……好像有那么一会儿，我失去了知觉……"

"这正是我要说的。"钢笔先生说，"所以我想给您一条中肯的建议。每天只能吃一丁点果酱，只能吃一茶匙那么多，绝对不可以过量。这些果酱只能留给您自己吃……好小奇不需要这种果酱。"

　　"我会每天只吃一丁点的。"净一净太太说，"我保证。我们现在来做一些好吃的东西吧。"

　　家里办起了一场其乐融融的派对。所有人一起做游戏，直到大家全都累了，想要睡觉了。捣蛋一家回到了他们自己的公寓里，钢笔先生回到了他的小书店里，而采小摘也回到了自己的尖顶小屋。

　　第二天早晨，好小奇来找采小摘。

　　"你的妈妈怎么样了？"采小摘问。

　　"非常好。"好小奇说，"采小摘，她的变化好大呀。以前的她不是非常严厉的吗？而且还非常注重细节，一切都得随时保持一尘不染……她从来都不允许我做任何事。可是现在，一切都变了。她跟我一起玩耍。"

　　"该不会一直在玩耍吧？难道一刻不停？"采小摘问。

　　"不是，她也会做平常要做的事，比如吸尘和洗碗。可是一旦做完了那些事，我们就可以一起玩玩具屋，或者吹泡泡。房间里到处都是图画，有趣极了。"

　　"只要她每天都吃一茶匙果酱，"采小摘说，"那么她就会一直这样。"

　　"我会看着她，确保她每天都吃的。"好小奇说，"可是我有一点害怕……如果果酱吃完了该怎么办呢？"

　　"一共有五十四罐呢。"采小摘说，"每天一茶匙……等果酱吃完的时候，你也已经长大了。"

　　"哦，是的！"好小奇说，"我们到时候再说？"

　　"我们到时候再说。"采小摘说。

卷毛鹦

　　蟑螂哑哑并不是一个健谈的小家伙。通常，它只是安安静静地待在自己的角落里，啃着苹果皮。可是有一天，它说："喂，采小摘，那颗蛋孵出东西来了吗？"

　　"什么蛋？"采小摘说。

　　"你从耙子海岸回来的时候带回了一枚巨大的、橘黄色的蛋。"哑哑说，"难道你不记得了吗？"

　　"哦，对了！"采小摘喊道，"你说得没错。我都忘得一干二净了。我把那枚蛋交给达人先生和达人太太了，让他们帮忙孵蛋。幸好你提起这件事，哑哑。我这就去问问那枚蛋怎么样了。"

　　采小摘摁了门铃，开门的是达人太太。她一看见采小摘，脸色立刻变得煞白。她立即说："我知道你为什么会来！你是来问关于那个卷毛鹦的事的。"

　　"我是来问问那枚蛋怎么样了。"采小摘说。

　　"没错。"她说，"我说的就是它。你还记得吗？我

们是把它放在我们的床上孵的，放在我们的电热毯里。
它可费劲了，因为一连几周的时间，我们睡觉的时候不
得不贴着床沿，生怕压到它。终于，从蛋里钻出了一只
小鸟——一只卷毛鹦。"

"什么是卷毛鹛?"采小摘问。

"那是一种非常奇怪的小鸟。"达人太太说,"它身上长的不是羽毛,而是绒毛,它的个头特别大。起初,我们把它养在笼子里,可是渐渐的,它的个头变得比笼子还要大了。于是,我们就把它放养在房间里,可是它的脑袋都已经顶到天花板了。最后,我们让它住在阳台上,并且对它说:'飞走吧,可怜的小东西!'"

"那么它飞走了吗?"采小摘问。

"真要是飞走就好了。"达人太太说,"没有,它根本不会飞。也许是因为它没长羽毛的缘故吧,它的身上只有绒毛和卷毛。那时候,我们还不知道他的名字叫什么。可是有一天,来了一位先生,他想要看看我们的怪鸟。一看见它,他就立即说道:'哦,它是一只卷毛鹛。'他问我们愿不愿意把鸟送给他。'我收藏了许多许多鸟。'他说。"

"然后呢?"采小摘问。

达人太太几乎说不下去了,她拿起手帕,抽泣起来。

"快说啊……之后发生了什么事?"采小摘问。

"我们以为……"达人太太哽咽着说,"我们以为,我们的小鸟跟别的小鸟在一起会过得很快活。过了几

天，我们去看它，想要知道它过得
怎么样。然后……"她哭得更大声
了。

采小摘耐心地等待着。

"……然后我们发现，那里是一
座博物馆。"达人太太说，"那位先
生是一位博物馆馆长，那是一座鸟
类博物馆，里面放满了鸟类标本。"

"鸟类标本？"采小摘喊了起来，
"也就是说，全都是死的？卷毛鹃也

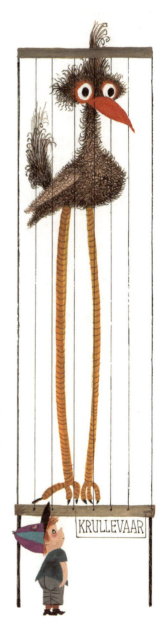

KRULLEVAAR

被做成标本了吗?"

"是的。"达人太太叹了一口气,"那里所有的鸟都是死的。所有小鸟的肚子里都被灌上了泥煤粉,眼睛都被换成了玻璃珠子。我们在那里看见了我们的卷毛鹦……于是我们就逃走了。事情就是这样,我们很后悔把鸟送给了他,可是从表面上看,他真是一位风度翩翩的绅士。他的名字叫暴君先生,我们已经恨死他了,可是我们什么也做不了。"

"那家博物馆在什么地方?"采小摘问,"我想要去看看。"

"就在大广场上。"达人太太说,"咳,采小摘……它是那么可爱……它不会唱歌,却整天喊着:噗噗噗……噜噜噜!多么美好的叫声啊。如今,它却已经死了。"

采小摘向他们道了别,然后开着车驶向大广场。一栋高大、美丽而又古老的楼房上写着一行字:鸟类博物馆。

博物馆里的寂静无声,灯光有些昏暗,空气很是污浊。玻璃门后的办公室里坐着一位身穿白大褂的先生,说不定那就是博物馆馆长暴君先生。采小摘走进大厅,玻璃柜里摆满了鸟类标本,它们的眼珠全都是玻璃做成的,模样僵硬而又呆板。采小摘不时地还能看见几副鸟类的骨架。博物馆的一个角落里放着一个巨大的笼子，笼子里立着一只个头特别大的鸟，它面前的牌子上写着：卷毛鹦。

采小摘仔细地看着它。"太可怕了……"他喃喃自语，"居然把这么漂亮的动物弄死，做成标本，换上玻璃眼珠。"他专注地盯着卷毛鹦的眼睛，令他惊奇的是它们并不是玻璃做成的。它们也盯着他，闪烁着光芒。它活过来了。

"咦……"采小摘说，"我相信你根本就没有死。"

大鸟没有发出任何声音，也丝毫没有动弹。他一动不动地站着，与周围的小鸟并没有任何两样。可是他的眼睛却盯着采小摘，透露出几分悲伤。

"可怜的卷毛鹦。"采小摘说，"你需要我们来解救你吗？我有很多朋友……你耐心地等着……我们会来把你接走的。"

这时，大鸟动了。它抖了抖翅膀，张开嘴，叫道："噗噗噗……噜噜噜！"

声音在博物馆里回荡。采小摘被吓了一跳，向后倒退了几步，站到一个阴暗的角落里，因为博物馆馆长从他的办公室里冲了出来。他还带着一名助手，一个和他一样穿着白大褂的人。

他们跑到笼子跟前，停住了脚步。

"杀手先生！"博物馆馆长严厉地说，"这只卷毛鹦还没有被做成标本！您也听见了，它还在大喊大叫！这样可不行。它到底为什么还没有变成标本？"

"我本来是想今天早上动手的。"另外那位先生说，"可是我太忙了。而且我想：咳……那家伙那么安静，不会有人发现它还活着的。"

"那就立即动手。"馆长说，"您给我记住了，杀手先生。"

"好的，暴君先生。"杀手先生说，"我明天一清早动手。到那会儿，我就有时间了。"

他们回到了自己的办公室里。采小摘从藏身的角落里走了出来，他不敢再跟可怜的卷毛鹦交谈了。他担心这个小家伙又会叫喊起来。他匆忙离开了博物馆，尽量不引起任何人的注意。他坐进小吊车里，开上车回家了。

当他走进钢笔先生的小书店时，他的心中充满了愤慨，脸颊也由此涨得通红。

等他把事情的来龙去脉都说完后，钢笔先生说："你说得对，我们必须采取一些行动。"

"而且越快越好！"采小摘喊道，"我们今晚破门而入吧！"

"可是，万一他们今天就动手把卷毛鹦做成标本的话……"钢笔先生说，"那样的话，我们就来不及了。让我安安静静地思考一下。"

钢笔先生闭上眼睛，仔细地思考。终于，他说："我有办法了。小捣蛋们肯定会愿意帮忙的，你说呢？"

"当然了！"采小摘喊道。

"好小奇也会愿意吗？"

"一定会！"

　　"那么我得先借一辆货车。"钢笔先生说，"我去问问隔壁的花店老板……他们应该会同意把车借给我用一个小时的。"

　　"我们要怎么做？"采小摘不耐烦地问。

　　"我需要一顶假发。"钢笔先生说，"还有一撇胡子。外加一副很大墨镜。跟我来，采小摘，我们这就出发。"

　　"可是，我们到底要怎么做？"采小摘喊了起来。

　　"等一会儿你就知道了。"钢笔先生说。

一条计策

鸟类博物馆座落在大广场上。那里面摆满了各种鸟类的标本，可是其中的一只鸟却还活着。它就是卷毛鹦，但是，它活不了多久了……很快，它就会被做成标本。

博物馆的门口停放着很多汽车，一排挨着一排。这其中就停着花店的大货车。

一位先生走进博物馆。显然，他是一位摄影师。他蓄着长长的头发，留着一撇胡子，还戴着一副巨大的墨镜。他手里拿着照相机，来到博物馆馆长的办公室门口，敲了敲他的玻璃门。

"您好，暴君先生。"摄影师说，"我是《女士彩报》的记者。正如您所知道的那样，这是一份报纸。我很想在这里拍几张照片。"

"可以啊。"暴君先生说，"我这里有各种精美的鸟类标本。您请随意！"

"我们听说您这里有一只真正的卷毛鹛。"摄影师说，"我可以为它拍几张照片吗？"

"当然了，您跟我来。"

暴君先生把摄影师领到了高高的笼子跟前。

"这个标本简直太美了。"摄影师说，"真是栩栩如生啊。"

"它本来就还活着。"馆长说，"它早就该被做成标本了，可是，咳……没有时间……我们太缺人手了！"

"请您站到笼子旁边去。"摄影师说，"我要为您和大鸟一起拍一张照片。"

"我很愿意。"馆长说。他走到笼子的旁边。

"咳，这里太暗了！"摄影师喊道，"其实，我们应该到外面去拍。您和卷毛鹛一起站在门口的人行道上。"

"嗯……"暴君先生犹豫起来，"这有一点难……我们得花很大力气才能拖动这个笼子。"

"如果我们把这只鸟放在人行道上，不用笼子的话……它会飞走吗？"

"不会，那倒不会。卷毛鹛是不会飞的，不过它会跑……"

"我们小心一点，不会让它跑掉的。"摄影师说。

馆长打开笼子的大门。可怜的卷毛鹦露出忐忑不安的神情，直挺挺地站着，一动也不动。他们不得不把它搬到外面。

终于，它站到了门口的人行道上。它的身旁是暴君先生。

"好极了！"摄影师喊道，"您就这样站着别动！好美的光线啊！好美的色彩啊！"

他们的周围拥来一群孩子，他们目不转睛地看着。不仔细看，还真难发现他们就是小捣蛋呢……采小摘站在他们中间，而好小奇则站在离他们不远的地方。只不过一眼看去，他们就像是普普通通的路人。

"好啦！"摄影师高兴地喊道，"这会是一张精美绝伦的照片。现在，我很想拍一张您个人的照片，暴君先生。您很有名，甚至可以说是一位名人！请您站到那儿去，朝上面看。"

暴君先生站到摄影师制定的地方。他顺从地朝上面看去。

"现在，微笑！"摄影师喊道，"好……对了……再等一会儿……我要拍一整套照片！您的形象会被刊登在《女士彩报》上！"

327

馆长耐心地站着，脸上保持着微笑，直到摄影师按下最后一张照片的快门，说道："非常感谢您，这样就可以了，暴君先生。"

可是就在这个时候，所有的孩子们都呼喊、尖叫起来。

暴君先生迅速转过身，卷毛鹦不见了，人行道上空空如也。"在那儿，它跑到那条小巷子里去了！"一个小男孩一边喊叫，一边用手指了指。

"是啊，我们看着它逃跑的……它跑到那条小巷子里去了！"其他的孩子们齐声喊道，他们全都指着同一个方向。

暴君先生连一秒钟都没有犹豫。他冲下人行道，在停放着的汽车之间来回穿梭，拐进了一条小路。可就连这条小路上也停满了卡车和货车。他被一个垃圾桶绊了一下，然后"砰"的一下……脑袋朝下地摔倒在一大堆脏兮兮的梨子皮上。

暴君先生呻吟着站起身，继续向前跑。他一边小跑，一边向周围所有的路人询问："您有没有看见一只鸟跑过去？您有没有看见一只鸟跑进去？难道您没有看见一只大鸟吗？"

人们诧异地看着他，摇摇头。到处都看不见卷毛鹦的踪影。

暴君先生摁了一家又一家的门铃，可是谁也没有见到卷毛鹦。终于，他垂头丧气地回到博物馆里。

摄影师早就不见了，孩子们也不知道跑到哪儿去了，就连花店的货车也开走了。可是暴君先生并没有察觉到这些变化。他冲进博物馆，上气不接下气地跑到办公室里，给警察打了一个电话。

"一只鸟逃跑了？"电话那头的警察问道。

"是一只罕见的卷毛鹦！"暴君先生喊道，"逃跑了！"

此时此刻，小货车已经开出了很远。捣蛋爸爸坐在方向盘的跟前，他的车上坐着摄影师、采小摘和卷毛鹦。可怜的小家伙只能缩成一团。摄影师摘下了他的假发，撕掉了脸上的胡子，说道："怎么样？是不是诈骗得很漂亮？"

"棒极了，钢笔先生。"采小摘说。

他们在帽子公寓门口停下车，等候小捣蛋们和好小奇。他们从博物馆一路跑步回来。

"他们来啦！"采小摘喊道。

一群人欢呼着冲了过来。

"棒极了，是不是？"小捣蛋们喊道。

"他一点儿也没有发现。"好小奇哈哈大笑。

"嘘……"钢笔先生说，"别叫得这么大声……千万不要让别人听见。孩子们，我们得商量一下。我们该拿卷毛鹛怎么办呢？"

"送到我们家去！"小捣蛋们喊道。

"不行。"钢笔先生说，"那样太危险了。这个家伙会叫！我想，我们还是暂时把它藏在我商店后面的仓库里比较好。没有人会看见它，也没有人会听见它的叫声。"

"我们为什么不把它放飞呢？"捣蛋爸爸问。

"这个可怜的家伙不会飞，这也是我们所面临的最大的问题。如果我们把它放生，它一定会被抓起来，送回到博物馆去。"

"我们得把它从车上抬下来，搬到里面去。"采小摘说，"可是我们得挑一个不会被路人看见的时间。"

为了等候一个合适的时机，他们等了很久。人行道上不断有路人走过。尽管卷毛鹛在车里缩成了一团，可是采小摘还是很担心被路人发现它的卷毛和长腿。幸亏，人们都只是匆匆地路过，谁也没有留意。终于，钢笔先生大喊一声："动手！就现在！"

六个小捣蛋飞快地把大鸟从汽车里抬出来，搬进店里。这个过程并没有被人看见，它被放到了商店后面的仓库里，他们还为它放了一盘食物和一些水。

这天晚一些时候，采小摘打开了他的小收音机。他听见一则警方通报：一只所谓的卷毛鹦从鸟类博物馆逃跑了。这个动物的身上长着毛发，而不是羽毛。它的叫声是：噗噗噗……噜噜噜！对于能将这只鸟送回的人，我们将给予高额酬金……

“哦，天哪！”采小摘对蟑螂哑哑说，“你听见了吗？”

“我听见了。”哑哑说，“换作是我的话，我就会把这只鸟送到很远很远的荒野上去。它一定会被发现的！”

“你怎么变得这么悲观？”采小摘说。可是，就连采小摘自己也觉得惴惴不安。

噗噗噗……噜噜噜

卷毛鹦待在钢笔先生的仓库里，它时不时会发出尖利的叫声。不过，只要把商店的门关严实，那么就不会有人听见它的叫声。因此，他们小心翼翼，任何时候都确保门是关着的。

商店里来了一个小女孩。

这个小女孩名叫瓜小娃，她是来买彩色粉笔的。她付完钱，前脚刚走出商店，后脚采小摘就从仓库里走了出来。他刚把卷毛鹦喂饱。于是，有那么一刹那的时间，门是开着的。正巧在这时候，卷毛鹦大声地喊道：噗噗噗……噜噜噜！

采小摘赶忙把身后的门关上。瓜小娃已经离开了商店，可是钢笔先生还是嚷嚷了起来："你怎么能这么大意呢，采小摘？你应该先听一听店里有没有人。这下，那个孩子一定听见了。"

"是啊，我太大意了……"采小摘说，"可是她只是一个很小的小孩子，她一定没有留意到这些。要是卷毛鹦能闭上它的嘴就好了！我一直对它说：'闭上你的嘴！'可是它实在太高兴了，因为它被我们从博物馆里解救出来了，所以一直在喊叫。"

"那个孩子会把这一切全都说出去的。"钢笔先生说，"到时候，警察就会来搜查。那么我们该怎么办？不行，不行，不能再等了。不过我已经想到办法了。"

钢笔先生掏出一台小巧的机器。

"一台录音机？"采小摘问，"您打算拿它做什么？"

"一会儿你就知道了。"钢笔先生说，"你快出去看一看，看看能不能找到胖嘟嘟的鸽子嘟丽丽。如果可能的话，把海鸥查弟也一起叫过来。"

采小摘来到外面。他很快就找到了嘟丽丽，可是查弟却不见踪影。

"我去把它叫来。"嘟丽丽说。

说着，它便飞走了。十分钟后，它飞了回来，身后跟着长着木头腿的海鸥查弟。

"哈喽，"查弟喊道，"有什么要紧事吗？"

"你们必须到钢笔先生那里去。"采小摘说。他把它们两个放进店里，而他自己却走向人行道上。瓜小娃手里抱着一个娃娃走了过来。

"你的娃娃真漂亮。"采小摘说。

"我很快就会有更漂亮的娃娃了。"瓜小娃说,"就等妈妈拿到那只鸟的钱。"

采小摘被吓得面色惨白。"你的话是什么意思?"他说,"什么鸟?"

"有一只鸟逃跑了。"瓜小娃说,"无论什么人,只要找到它,就能拿到一大笔钱。我知道那只鸟在什么地方。就在那儿!"说着,她用手指向钢笔先生的小店。

"拜托,"采小摘说,"书店里怎么会有鸟呢?"

"有的。"瓜小娃说,"我听见它的声音了。它喊着噗噗噗……噜噜噜!我立刻就把这件事告诉了我的妈妈。我的妈妈给警察打了电话,警察一会儿就会来搜查这家商店。"

采小摘差一点就要脱口而出：你这个可恶的告密者！可是他把话生生地咽了回去。等瓜小娃抱着她的娃娃蹦蹦跳跳地走远了之后，他溜进店里，对钢笔先生说："我们被出卖了！警察马上就来！"

"我猜得没错吧？"钢笔先生喊道，"那个讨厌的孩子！"

"你们马上出门去！"他对嘟丽丽和查弟说，"谢谢你们的帮助。"

小鸟们飞出商店，钢笔先生拿出一卷胶带纸，拖着采小摘来到仓库里。

"把它的嘴巴缠起来，快点，快点……"钢笔先生说。

卷毛鹦的嘴巴被胶带纸缠得密不透风，因为只有这样，它才会不再发出任何声响。

随后，钢笔先生抱起大鸟，把它塞到阴暗处的两个书架中间，装进了一个壁龛里。

"快把那两张大海报给我。"他对采小摘说。

采小摘把海报递了过去。这两张海报大极了，钢笔先生把它们贴了起来，挡在卷毛鹦的跟前，这么一来，卷毛鹦就完全从视线中消失了。

卷毛鹦已经彻底看不见了，唯独它的两只大脚从底下伸了出来。

"我们得再想想办法……"钢笔先生嘟囔道。

就在这个时候，他们听见商店的门开了。

钢笔先生平静地回到店里，店里来了一位警官。

"您就是钢笔先生吗？"他问，"我们接到举报，逃脱的卷毛鹦正藏在您这里。"

"这里？"钢笔先生惊讶地说，"在这家商店里？咳，您瞧，这里简直一目了然。怎么会有人这么说呢？"

"有人听见了它的叫声。"警官说，"那个家伙的叫声十分特别，你知道吗？它叫起来的时候是这个样子的：噗噗噗……噜噜噜。有一个小女孩来过您这里，并且听到了这个叫声。由此，我想要检查一下您商店后面的地方。”

“您请便。”钢笔先生微笑着说，“可是那个小女孩听见的只不过是录音而已。”

“您的意思是？”

“是一盘磁带的录音。”钢笔先生说，“我应该告诉您，我喜欢收集小鸟的叫声。我录下了各种各样的小鸟的叫声。给，就在这个录音机里。您想要听一听吗？”

他按下录音机。磁带转动起来，那里面传来一个声音："哈喽……咿呀儿……咿呀儿……"原来是海鸥刺耳的尖叫声。

"这是一只海鸥。"钢笔先生说，"您继续听。"

"咕咕咕……咕咕咕……"

"是一只鸽子。"警官的语调变得柔和起来。

"不错。"钢笔先生说，"您再继续听。"

"噗噗噗……噜噜噜！"声音在店里回荡。"您听见了吗？"钢笔先生友好地说，"就是它了，那个女孩听见的就是这个声音。"

"不错，可是……"警官说，"您是怎么录到这个叫声的呢？您总得见到这只鸟才能录到音吧！"

"它就在博物馆里啊！"钢笔先生说，"我上个星期刚刚去过。因为我想：那里是鸟类博物馆，我一定可以在那里录到很多不同的叫声。只可惜，就像您所知道的那样，那里的鸟儿全都是标本，根本发不出声音来。只有这只鸟是活着的。所以，我就用录音机把它的声音录了下来。"

"哦，原来是这样。"警官说，"这么说来，那个小姑娘听见的只不过是这卷录音而已。"

"只不过是这卷录音。"钢笔先生说。

"不过，为了保险起见，我还是要到后面去看一眼。"警官说。

"没问题。"钢笔先生一边说，一边打开了通往仓库的门。

采小摘正坐在海报跟前的一张小桌子后面写字。警官环顾了一下四周，他只粗略地看了一下。

随后，他说："好了，先生。很抱歉打扰您。"

"没关系。"钢笔先生一边说，一边送他走出书店。

"真是一个绝妙的主意！"采小摘从仓库里钻

了出来，大声地喊道，"您先录下了查弟和嘟丽丽的声音，之后又录下了卷毛鹦的叫声！"

"是的。"钢笔先生说，"而且我说的话也十分可信，对吧？只不过，我可不敢再把这只卷毛鹦留在这里了。我们必须把它送到别的地方去，送到一个安全的地方去……一个没有人能听见它叫声的地方。快帮我一起想想，采小摘。"

"您觉得斑鸠园怎么样？"采小摘犹豫不决地说。

"这个主意不错。"钢笔先生说，"斑鸠园在公园的后面，离城市很远。今天晚上，等天黑以后，我们就把卷毛鹦送到那里去。"

我是一只灭绝了的鸟

　　采小摘待在自己的尖顶小屋里。他吃着一片撒了巧克力屑的面包，而哑哑则在他面前的桌布上喋喋不休。"快说嘛，采小摘，继续说啊……"

　　"还要继续说关于卷毛鹦的事吗？"采小摘说，"已经没什么好说的了。它在斑鸠园里，我们昨天夜里把它送了过去。现在，一只苍鹭正在给它上飞行课。"

　　"那么万一被发现了怎么办？"哑哑问，"如果孩子们去了斑鸠园，我是说陌生的孩子们。万一他们看见了它，或者听见了它的声音，该怎么办？"

　　"它保证过会闭上它的嘴。"采小摘说，"我们对它说了：'记住，你要是敢发出声音，我们就再用胶带纸把你的嘴巴绑起来。'于是，它变得安安静静的，因为它实在太讨厌胶带纸了。"

　　窗户上传来重重的敲打声。

　　"是海鸥查弟！"哑哑喊道，"把我藏起来，采小摘!快点,我很怕它!"

采小摘抓起奶酪的盖子,用它罩住哑哑,随后打开窗户,让长着木头腿的查弟进屋。

"哈喽,"查弟说,"我是来问问你能不能跟我走一趟的,采小摘。飞行课上得很不顺利。"

"它学不会吗?"采小摘问。

"我想,是它不想学。"查弟说,"它站在一座小土丘上,苍鹭为它示范了所有的动作。所有的小鸟都站在它的周围,一起冲着它喊:'加油啊,卷毛鹦!'可是,你知道它说什么吗?"

"什么?"

"它说:'即使我会飞,我也不知道自己该飞去哪儿!'"

"但是它可以随时飞走啊。"采小摘说。

"我们也是这么说的。'傻瓜,'我们冲着它喊,'你一旦学会了飞行,你就可以飞走了。'可是它又说了:'飞去哪儿?'于是,我们说:'想去哪儿就去哪儿。'接着它说:'到底飞去哪儿?'"

"这还真是不好办。"采小摘叹了一口气。

"的确如此。"查弟说,"你知道我是怎么看的吗?卷

毛鹦在鸟类博物馆里站了那么长的时间。它的笼子上挂着一块牌子，上面写着：灭绝了的鸟。而博物馆的馆长也一直向人介绍说：'卷毛鹦是一种已经灭绝了的鸟。'你明白吗，采小摘，它自己已经对此深信不疑了。它总是说：'我是一只已经灭绝了的鸟。'"

"可是它明明还活着啊。"采小摘说。

"我们也是这么对它说的。'你根本就没有灭绝。'我们说。可是它却回答说：'灭绝了，我已经灭绝了，因为世界上已经没有别的卷毛鹦了。'"

"它说的是真的吗？"采小摘问，"你相信这个世界上已经没有别的卷毛鹦了吗？难道他它的是最后一只？"

"我一点儿也不相信。"查弟说，"它不是从蛋里孵出来的吗？那么它一定和所有人一样，有一个爸爸和一个妈妈。而且说不定还有兄弟姐妹呢。我有一个想法，采小摘。放我出去。"

采小摘以最快的速度把窗户打开，同时着急地问道："你有什么想法，查弟？你这么着急是想去哪里？"

"也许，我要过很长时间才会回来。"查弟说，"我要去寻找其他的卷毛鹦。我要到很远很远的地方去，采小摘！拜拜！"

查弟发出一声响亮的叫喊，随后从窗口飞了出去。

采小摘把呱呱从牢笼里放了出来。

"幸亏它已经走了。"呱呱说，"我很怕它。它看着我的时候总是一副饥肠辘辘的模样。快给我一片苹果皮压压惊，采小摘。"

"给你。"采小摘说，"我必须马上就走。我得去看看卷毛鹦怎么样了。"

他开着他的小吊车，朝着斑鸠园驶去。刚来到公园，他就遇见了迎面飞来的嘟丽丽。采小摘从它那里听说的

同样的事情，飞行课上得很不顺利。"我想，是由于它只长了毛发，却没有长羽毛的缘故。"嘟丽丽说，"长着毛发可怎么飞呀？"

"我去看看。"采小摘说。

他看见卷毛鹦站在斑鸠园里的一座小土丘上，周围聚着一大群小鸟。苍鹭一遍又一遍地为它展示应该如何飞翔，可是无论卷毛鹦怎样努力，它的翅膀都挥舞不起来。

"要不然，我把它放到那棵大树上去？"采小摘问，"用起重机吊上去。到时候，它肯定能学会。"

他花了很大的力气，才用起重机把卷毛鹦吊到了大树上。他好不容易才做到这一点，而这个可怜的小家伙已经快被吓死了，站在树枝上不停地发抖……这时，苍鹭严厉地喊道："现在，蹦起来。跳！"

"你能行的！"采小摘喊道，"快点儿！"

卷毛鹦直起身，挥舞着巨大的、毛茸茸的翅膀，大声地喊道："噗噗噗……噜噜噜！"

大家听见翅膀传来一阵拍打声，随后，又听见一声沉闷的撞击声。它如同一个块砖块一般掉了下来。

采小摘把它扶了起来，幸好它没有受伤。

"你保证过不会再发出任何声音的。"采小摘严厉地说，"可是你刚才又喊了！真是太愚蠢了！你必须闭上你的嘴巴。走吧，我们再试一次。"

卷毛鹨又一次被起重机吊到了大树上。这一回，周围飞来了更多的小鸟，它们都是来凑热闹的。来的不光有小鸟，还有斑鸠园里的其他小动物们。它们全都专注地盯着前方，谁也没有留意到篱笆后面有一个小女孩正在偷看。那个小女孩就是瓜小娃，她看见采小摘开着小吊车来了斑鸠园，于是，便偷偷地跟了过来。她一度把采小摘跟丢了，因为斑鸠园很大，而且到处都是蜿蜒

曲折的小道。她甚至担心自己会迷路。可是就在这个时候，她听见了卷毛鹦的叫唤声。

眼下，她正站在近处，亲眼目睹了卷毛鹦第二次从树上掉下来的过程。正当所有的小动物们兴奋不已地喧哗、鼓噪时，瓜小娃悄悄地离开了斑鸠园。

"这个笨蛋根本就没有尽力！"苍鹭恼羞成怒地喊道，"它明明可以的，可是它就是不愿意！"

"我们再试一次吧！"采小摘说。

可是卷毛鹦却沮丧地看着他，说道："算了吧。反正我只是一只灭绝了的鸟。"

"我想，我得去跟钢笔先生聊一聊。"采小摘说，"休息一会儿吧。我很快就回来。"

他开着车，穿过公园，来到钢笔先生的小商店门口。小女孩瓜小娃早就离开了公园。她来到她的妈妈身旁，把听到的和见到的事一五一十地告诉了她的妈妈。

瓜小娃

　　鸟类博物馆的馆长暴君先生接起电话，兴奋不已地嚷嚷起来："您说什么，太太？您的女儿见到了卷毛鹮？在哪儿？"

　　打来电话的正是瓜小娃的妈妈。"卷毛鹮在斑鸠园里。"她说。

"斑鸠园在哪儿？"暴君先生问。

"我的女儿可以为您指路。请您这就到公园里去，她会在那里等您。"

"我们这就到！"暴君先生欣喜若狂地喊道。他喊来了他的助手，说："杀手先生，卷毛鹦找到了。带上那个最大的捕鸟网。我们开吉普车去。"

卷毛鹦正站在斑鸠园的小土丘上练习飞翔。苍鹭耐心地为它演示，可是所有的付出都无济于事，它怎么都学不会。每当失败的时候，它都会泄气地说："学会了又有什么用呢？即使学会了，我又该飞到哪里去呢？"

其他的小鸟生起气来，变得很不耐烦。"飞走！"它们喊道，"你可以随意地飞走！"

与此同时，采小摘正坐在钢笔先生的小商店里与他攀谈。"我们必须把卷毛鹦送到一个更安全的地方去。"他说，"斑鸠园里太危险了。小孩子们会听见它的叫声，不是今天就是明天。想想看，万一被瓜小娃那个可恶的孩子听见它的叫声，那该怎么办？她很清楚，只要找到卷毛鹦，她就能得到一百块钱的酬金。"

"你说得对，它必须离开那儿。"钢笔先生说，"我们把他送到荒野上去。今天晚上，天黑以后……到很远很远的地方去。"

"它会很孤独的。"采小摘说，"它怎么才能找到食物呢……"他的话还没说话，胖嘟嘟的嘟丽丽便呼天抢地地冲了进来，嘴里喊着："快来啊！它被出卖了！他们正在去往斑鸠园的路上！"

"谁？"钢笔先生喊道。

"博物馆的人，还有那个该死的小孩瓜小娃！他们开着吉普车！"

说话间，采小摘已经冲到了门外，坐上了他的小吊车。他还从来没把车开得这么快过。一眨呀的工夫，他就来到了池塘边……已经来不及了！

一辆吉普车从斑鸠园的方向开来。车子的前排坐着博物馆馆长和他的助手，车子后面躺着可怜的卷毛鹦。它被一张大网困住，身旁还坐着瓜小娃。她的脸上写满了骄傲，一副不可一世的样子，还装作没有看见采小摘。

采小摘被气得满脸通红，费了很大力气才把冲到嘴边的脏话咽了回去。他调转车头，跟着吉普车，穿越大街小巷，朝着博物馆开去。当他们来到博物馆门口时，吉普车径直从敞开的大门开了进去。采小摘从车上下

354

来，而博物馆的守门人在他面前关上了门。

"让我进去！"采小摘喊道。

"博物馆今天不开放。"守门人说，"今天是星期一。我们每逢星期一都会闭馆，因为我们要忙着把小鸟做成标本。"

采小摘嘀咕起来。可怜的卷毛鹦已经落到了他们的手上。现在，他们一定正忙着把它弄死，做成标本。而他自己却什么忙也帮不上。

这时，他就觉得有东西落到了他的肩膀上。原来是鸽子嘟丽丽。

"我们该怎么办，嘟丽丽？"采小摘抽泣道，"他们去了哪儿？"

"他们在博物馆的院子里。"嘟丽丽说，"我刚刚从那儿经过。我看见它了，那个可怜的家伙，两个刽子手就站在它的身旁。"

"你的意思是，你看见它站在户外？"采小摘说。

"是的，院子是开放式的。"嘟丽丽说，"没有屋顶。如果卷毛鹦会飞的话，它一定可以逃脱。"

大门打开了，瓜小娃从里面走了出来。她的手里举着一根很大的棒棒糖，这是对她的酬谢。暴君先生说，

之后还会有真正的大笔酬金。明天，她的妈妈就可以收到一百块钱了。

采小摘一言不发地盯着她，看着她从自己面前走过。她的脸是红色的，突然飞快地奔跑起来，好像十分害怕他似的。

"再飞到院子上空去一趟。"采小摘说，"再去看一看……"

"我不敢。"嘟丽丽说，"我觉得恐怖极了。哦，采小摘……说不定它已经死了……"

可是卷毛鹦还没有死。它站在博物馆阴暗的院子里，可怜巴巴地缩成一团，它的毛发乱糟糟的，嘴巴也耷拉了下来。馆长就站在它的身旁，他把捕鸟网从它身上取了下来。

"小心一点，"助手说，"别让它飞走了。"

"它不会飞。"暴君先生说，"它是个白痴！对吧？没用的卷毛鹦？它连飞都不会。"

卷毛鹦把身子缩得更紧了，身上不住地颤抖。

"好了，"馆长说，"现在，我们要以最快的速度把这个漂亮的家伙做成标本。去把工具拿过来，杀手先生。"

杀手先生一路小跑着去了屋里。很快，他就带着几个瓶子和一个巨大的注射器针头回来了。

"我负责按住它。"暴君先生说。可正当他抓住卷毛鹲的脖子时，院子上空传来了一记凄厉而又响亮的叫声："哈喽！"

"把那只海鸥赶走！"馆长喊道，"它妨碍到我们了。哎哟！"

他的脸被扇了一下，火辣辣的疼。查弟的翅膀很硬，也很有力。

暴君先生伸手驱赶它。"走开，你这个家伙！"他喊道，"要不然我们就把你做成标本。"他试图重新按住卷毛鹲。杀手先生的手里拿着注射器针头，可是查弟又发出振聋发聩的叫声，还用力地挥打翅膀，以至于两位先生不由得向后退了几步。

"听着……"查弟对卷毛鹲喊道，"听着，我找到它们了！我找到了其他的卷毛鹲！你不是唯一的！你还没有灭绝！你的爸爸和妈妈都在……就在窝居小岛上，在大海的深处！"

"把那只海鸥赶跑！按住卷毛鹲！"暴君先生直嚷嚷。

杀手先生想要重新按住它，却被狠狠地扇了一下。

他疼得大声尖叫起来。

"跟我来，跟我来……"查弟喊道，"飞过大海……飞过大海……到窝居小岛上去，那里住着卷毛鹦们……你的兄弟姐妹……还有你的全家……跟我来！"

"我一定要抓住你，可恶的家伙！"暴君先生喊道。他张开双臂，想要保护住卷毛鹦。可就在他即将出手的一刹那，卷毛鹦往旁边迈了一步。它挥舞着翅膀，飞了起来，显出一副摇摇欲坠的模样，可这时，查弟又一次喊道："跟我来……"于是，卷毛鹦升到了半空中。地上的两个人看得目瞪口呆，眼睁睁地看着卷毛鹦在他们的头顶盘旋了一小圈。

"看那儿！" 嘟丽丽在大门的另一边喊道。

采小摘抬起头。

"噗噗噗……噜噜噜！"他的头顶上空传来一个声音……接着："哈喽！"

采小摘像一个疯

子一般手舞足蹈起来。"它成功了！"他喊道，"我明白了，查弟找到了另外一只卷毛鹦。我们的卷毛鹦总算知道自己要去哪儿了！"

还有两个人，也同样目睹了卷毛鹦飞翔起来的全过程。那就是瓜小娃和她的妈妈。"我们的酬金飞走了。"妈妈生气地说。

再见！

一清早，采小摘就醒了。他心里想：今天是什么日子来着？哦，对了，今天是我的生日！没有人知道这件事，因为我从来没有对任何人说起过。这会是多么无聊的一天啊……

他有些垂头丧气地起了床，开始洗漱。之后，他朝四周看了看。蟑螂呃呃到哪儿去了？它没在自己的角落里，它也没在柜子里，哪里都见不到呃呃的踪影。

"你在哪儿？你到底去哪儿了？"采小摘不安地喊道。

这时，他听见一个轻微而又短促的声音传了过来："救命啊！"

声音是从桌子上传来的。昨天，采小摘把果酱罐打开后就一直没再关上。

"我的老天呀，你在果酱里！"采小摘大惊失色地喊道，"等一下！"

他把一个勺子伸到果酱罐里，呃呃吃力地从里面爬了出来。

"笨呃呃,你差一点就会被淹死或者闷死了。"采小摘说,"瞧瞧你的样子啊!你的身上黏糊糊的。我用水给你冲一冲。"

"不行!"呃呃喊道,"蟑螂要是被水冲了,会死的。"

"那我就把你擦干净,用布擦。"当身上变得干净一些之后,呃呃喊道:"祝你生日快乐。"

"哦,你知道今天是我的生日!"采小摘高兴地喊道,"太好了,谢谢你。"

"我想到了一个非常好的主意。"哐哐说，"我想要把桌子布置一番。先到果酱罐里去浸一浸，然后再爬到桌布上。我可以爬上一圈，那样，你就可以在桌子上看见漂亮的红色图案了……可是我掉进去就爬不出来了！"

"你真可爱，想到了那么好的主意。"采小摘说，"可是再也别那样做了！这里有一块苹果皮。"

他们一起吃起了早饭。采小摘依旧止不住地想：这会是多么无聊的一个生日啊……谁都不知道今天是我的生日。

这时，有一个东西飞了过来，"砰"地一下撞上了窗户，原来是长着木头腿的查弟。采小摘飞快地用奶酪盖子遮住哐哐，然后才打开窗户。

查弟飞进房间，把一条死鱼放在采小摘的面包上。

"给！生日快乐！"它说。

"哦，谢谢你……"采小摘涨红着脸，结结巴巴地说，"你是怎么知道今天是我的生日的？"

"听说的。"查弟说，"快把它吃了！这可是刚从海里抓来的！"

"我，呃……我还是晚上再吃吧。"采小摘说，"快说说卷毛鹦怎么样了。"

“棒极了。”查弟说，“它在窝居小岛上，跟其他的卷毛鹦们在一起。有它的爸爸、它的妈妈，还有一大堆姐妹……它们都要我向你问好。好了，我该走了。祝你生日过得愉快。拜拜！”说着，查弟便走了。

采小摘把咂咂放了出来。这时，又一个影子从窗口飞了进来，原来是胖嘟嘟的鸽子嘟丽丽。它的嘴里衔着一封信。可是，坐下之前，它先在桌布上空飞了一圈。

“喂！”采小摘嚷嚷道，“你在做什么，嘟丽丽？你在我的桌布上拉屎了。恶心鬼！”

“衷心地祝你生日快乐。”嘟丽丽乖巧地说，“你真是一个不懂感恩的孩子。要知道，我给你带来的是‘好运’！这封信是你的朋友们写给你的，打开看看吧。”

采小摘把信打开。信上写着：

亲爱的采小摘：今天是你的生日。可是你的阁楼房间太小了，装不下我们这么多人。快点到外面来吧。

采小摘的脸红了。“谁在外面？”他问。

“快来吧，来了就知道了。”嘟丽丽说。说完，它便从窗口飞了出去。

“我得到楼下去了，咂咂。”采小摘说，“你愿意跟我一起去吗？我可以把你装在盒子里带去。”

"不要，我宁愿永远待在家里。"咂咂说，"不过我会等你回来的。"

采小摘乘着电梯来到楼下。当他走出大门，来到街上时，他看见了自己的小吊车。吊车在彩旗和花朵的装饰下，变得焕然一新。车上坐着钢笔先生，还有好小奇。小吊车的后面跟着捣蛋家的旧汽车，车上坐着捣蛋爸爸和六个小捣蛋们。当他们看见采小摘的时候，所有人一同欢呼了起来，并且唱道：祝你生日快乐！

"谢谢你们……"采小摘结巴起来。每个人都送了他一份礼物。他坐在人行道上，把礼物挨个拆开。他得到了几本连环漫画、一条牛仔皮带、彩色铅笔，甚至还有一台很小的照相机，以及其他很多很多礼物。

"你们怎么知道今天是我的生日……"采小摘不停地喊，"我还以为没有人知道呢。"

可是所有人都只顾着哈哈大笑。这时，捣蛋爸爸说："我们想到了一个主意。我们所有人一起出去玩一天，我们的车子已经修好了。我们把两辆车都开去……你觉得怎么样？"

"好极了！"采小摘说，"我们去哪儿？"

"由你决定。"钢笔先生说，"今天是你的生日。你说

367

了算。"采小摘站在原地，想了一会儿。其他人全都乖乖地等着，等他说出一个地方来。

正当大家都安安静静的时候，采小摘突然听见他的裤子口袋里传来一个声音："嘟——嘟——"

原来是大舌头嘟嘟。采小摘忙不迭地把这个粉红色的漂亮贝壳掏了出来，放在耳朵旁边。"去瓦西河……"大舌头嘟嘟的声音响了起来。

"去哪儿？"

"瓦西河。"

"哦，我知道你的意思了！是瓦斯河！你一定是想让我们去找往返人狼吧？"

"介（这）个局（主）意不错。"大舌头嘟嘟说。

"我们这就出发。"采小摘说。

"生日快乐。"贝壳用柔和的沙沙声说道。之后，它就没有了动静。

采小摘把它放进口袋里，说道："我知道了。我曾经在瓦斯河的小渡口那里答应过一位渡船夫，向它保证了我一定会再去的。这会是一段有趣的旅程。"

"我们这就出发！"所有人异口同声地喊道。

所有的小捣蛋们一同坐在旧汽车里，而采小摘、钢笔先生和好小奇则一起坐在小吊车上。

"等一等，我们把所有的礼物搬到我的店里去。"钢笔先生说。

终于，他们准备就绪，可以出发了，可就在这个时候，又来了另外一位采小摘的好朋友。原来是骑着长身马的少校。他送给采小摘一份礼物——一个鼓和一副鼓槌。"旅途愉快！早点回来！"少校喊道。

"我的妈妈也来了……"好小奇喊道。没错，净一净太太也小跑着赶了过来，她跑得上气不接下气，她送给

采小摘一副自己亲手画的图画。幸亏净一净太太一直坚持画画和玩耍。她每天都要吃一小勺黑莓果酱，而果酱令她变得愈发可爱。

"再见！"她喊道，"路上小心，旅途愉快！"

"谢谢您。"采小摘说。

于是，他们发动两辆汽车，出发了。

帽子公寓里所有的住户们都站在自己家的阳台上向他们挥手。

"再见，采小摘！"他们喊道，"早点回来！"

他们在街口的拐角处转了一个弯，朝着南方驶去。

嘟丽丽和查弟在他们的上空盘旋。